根据教育部新编语文教材要求编写

CLASSIC LITERATURE

新课标必读彩绘系列丛书 中国经典

唐诗精选

林挺/选编

海峡出版发行集团
福建人民出版社

图书在版编目(CIP)数据

唐诗精选/林挺选编.
—福州：福建人民出版社，2013.7（2017.8重印）
（新课标必读彩绘系列丛书）
ISBN 978-7-211-06785-5

Ⅰ.①唐…　Ⅱ.①林…　Ⅲ.①唐诗—选集　Ⅳ.①I222.742

中国版本图书馆CIP数据核字（2013）第171367号

唐诗精选
TANGSHI JINGXUAN

作　　者：林　挺　选编
责任编辑：林　顶
出版发行：海峡出版发行集团
福建人民出版社　　**电　　话：**0591-87533169(发行部)
网　　址：http://www.fjpph.com　　**电子邮箱：**fjpph7211@126.com
地　　址：福州市东水路76号9—11层　　**邮政编码：**350001
印　　刷：福建建本文化产业股份有限公司
地　　址：福建省福州市仓山区则徐大道368号仓山工业小区2号楼一层
开　　本：700毫米×1000毫米　1/16
印　　张：13.5
字　　数：192千字
版　　次：2013年10月第1版
印　　次：2017年8月第2次印刷
书　　号：ISBN 978-7-211-06785-5
定　　价：24.80元

导　读

唐诗泛指创作于唐代（618—907年）的诗。唐诗是汉民族最珍贵的文化遗产，是汉文化宝库中的一颗明珠，同时也对周边民族和国家的文化发展产生了很大影响。唐代被视为中国各朝代旧诗最丰富的朝代，因此有唐诗、宋词之说。大部分唐诗都收录在《全唐诗》中，自唐朝开始，有关唐诗的选本不断涌现，而流传最广的当属蘅塘退士编选的《唐诗三百首》。按照时间，唐诗的创作分为四个阶段：初唐、盛唐、中唐、晚唐。

初唐时期：代表作家是“初唐四杰”——王勃、杨炯、卢照邻、骆宾王以及陈子昂，他们才气横溢，不满现状，通过自己的诗作抒发愤激不平之情和壮烈的怀抱，拓宽了诗歌题材。此外，还有文章四友（崔融、李峤、苏味道、杜审言）、宋之问、沈佺期等也是初唐有名的诗人。

盛唐时期：这个时期经济繁荣，国力强盛，唐诗发展至顶峰，题材广阔，流派众多，出现“边塞诗派”与“田园诗派”等。伟大的浪漫主义诗人李白和伟大的现实主义诗人杜甫，即是这一时期最杰出的代表。他们的诗雄视千古，为一代之冠，在他们的笔下，无论五律七律，五绝七绝、古风歌行皆达到很高的艺术成就，正如韩愈所说：“李杜文章在，光焰万丈长。”王维、孟浩然、高适、岑参是盛唐时期诗歌创作的佼佼者。

中唐时期：在中唐时期，诗人各有成就。但成绩最卓著的要数白居易，他提出“文章合为时而著，歌诗合为事而作”的进步理论主张，并亲自参加领导“新乐府运动”；此外，韦应物、刘禹锡、李贺、韩愈、柳宗元等人的诗歌成就也很大。中唐诗歌流派甚多，如“元白诗派”“韩孟诗派”“大历十才子”等，而李益等人的七绝创作在当时也独树一帜。

晚唐时期：晚唐诗人较著名的诗人有温庭筠、李商隐、杜牧、韦庄等。李商隐和杜牧被人们称为“小李杜”，是晚唐诗歌创作之执牛耳者。张祜、许浑、李群玉、韩偓、韦庄、郑谷等人的诗歌多以怀古伤今为主题，染上时代浓重的感伤色彩；而以皮日休、聂夷中、杜荀鹤为代表的唐末诗人，则继承杜甫和元白的现实主义精神，创作了一批具有现实意义的诗歌。

唐诗代表中国古典诗的黄金时代。其突出表现为：一、数量众多。清代康熙年间编定《全唐诗》，收诗48900多首。唐代书籍主要靠手抄，八个世纪后尚有近五万首作品传世，说明这些作品经受了时代的考验。二、作者广泛。上自帝王将相，下至贩夫走卒和释道倡优，上自老人，下至几岁的小孩，还有外国作者。其中有个人专集传世的便有691家（明人统计）。三、题材多样。政治、经济、战争、宗教、宫廷、吏治、科举、婚姻、亲情、友谊、羁旅、怀古、山水、田园、动植物等社会与自然现象的各个方面唐诗都写到了。正如闻一多所说：“凡生活中用到文字的地方，他们一律用诗的形式来写，达到任何事物无不可以入诗的程度。”四、体制齐备。乐府、古诗（包括五言、七言和杂言、四言）、绝句、律诗等在唐朝都已发展成熟，出现了大批优秀作品。楚辞体也有人写作，有些诗孕育着“词”的体裁。五、艺术成就辉煌。唐诗创造了很多完美的艺术手法，而且形成了众多的风格流派，恰如百花盛开，异彩纷呈。

唐代诗歌，无论就其作者之众多、题材之广泛，还是就其艺术之高超、影响之深远来说，都是空前的。我们要继承和研究这份宝贵的遗产，吸收其精华，期望有一天再创造出一个中国诗歌的新高峰。

此次，我们邀请相关领域的专家，从洋洋洒洒、蔚为大观的唐代诗歌宝库中精选了一百多首最有代表性的经典诗歌，准确把握唐诗发展的内部脉络，深切感受唐诗的内在肌理，自然体会唐诗的非凡神韵，并对这一百多首诗歌加以精细的注释、精到的翻译和精美的赏析，以飨广大读者。相信，这个选本对当代的读者阅读唐诗、感悟大美，能起到很好的帮助。

目　录

野望　王绩

东皋[1]薄暮[2]望，徙倚欲何依[3]。树树皆秋色，山山唯落晖[4]。牧人驱犊[5]返，猎马带禽归。相顾无相识，长歌怀采薇[6]。

注释 Zhushi

❶ 东皋（gāo）：诗人隐居的地方。

❷ 薄暮：傍晚。

❸ 徙倚：徘徊。依：归依。

❹ 落晖：落日。

❺ 犊：小牛。

❻ 怀采薇：用伯夷、叔齐隐于首阳山采薇而食的典故，表达避世隐身之意。薇，是一种植物。

译文 Yiwen

傍晚时分站在东皋纵目远望，我徘徊不定不知该归依何方。层层树林都染上秋天的色彩，重重山岭披覆着落日的余光。牧人驱赶着那牛群返还家园，猎马带着鸟兽驰过我的身旁。大家相对无言，彼此互不相识；我长啸高歌，真想隐居在山冈！

赏 析 Shangxi

《野望》写的是山野秋景，在闲逸的情调中，带几分彷徨和苦闷，是王绩的代表作。全诗于萧瑟恬静的景色描写中流露出孤独抑郁的心情。

“东皋薄暮望，徙倚欲何依。”皋是水边地。东皋，指王绩家乡绛州龙门的一个地方。他归隐后常游北山、东皋，自号“东皋子”。“徙倚”是徘徊的意思。“欲何依”，化用曹操《短歌行》中“月明星稀，乌鹊南飞，绕树三匝，何枝可依”的意思，表现了百无聊赖的彷徨心情。下面四句写薄暮中所见景物：“树树皆秋色，山山唯落晖。牧人驱犊返，猎马带禽归。”举目四望，到处是一片秋色，在夕阳的余晖中越发显得萧瑟。在这静谧的背景之上，牧人与猎马的特写，带着牧歌式的田园气氛，使整个画面活动了起来。这四句诗宛如一幅山家秋晚图，光与色，远景与近景，静态与动态，搭配得恰到好处。

读熟了唐诗的人，也许并不觉得这首诗有什么特别的好处。可是，如果沿着诗歌史的顺序，从南朝的宋、齐、梁、陈一路读下来，忽然读到这首《野望》，便会为它的朴素而叫好。南朝诗风大多华靡艳丽，好像浑身裹着绸缎的珠光宝气的贵妇。从贵妇堆里走出来，忽然遇见一位荆钗布裙的村姑，她那不施脂粉的朴素美就会产生特别的魅力。王绩的《野望》便有这样一种朴素的好处。

这首诗的体裁是五言律诗。自从南朝齐永明年间，沈约等人将声律的知识运用到诗歌创作当中，律诗这种新的体裁就已酝酿着了。到初唐的沈佺期、宋之问手里律诗遂定型化，成为一种重要的诗歌体裁。而早于沈、宋六十余年的王绩，已经能写出《野望》这样成熟的律诗，说明他是一个勇于尝试新形式的人。这首诗首尾两联抒情言事，中间两联写景，经过情——景——情这一反复，诗的意思更深化了一层。这正符合律诗的一种基本章法。

作者简介 Zuozhe Jianjie

【王绩】

王绩（约 590—644），字无功，号东皋子，绛州龙门（今山西河津）人。隋末举孝廉，除秘书正字。不乐在朝，辞疾，复授扬州六合丞。时天下大乱，弃官还故乡。唐武德中，诏以前朝官待诏门下省。贞观初，以疾罢归河渚间，躬耕东皋，自号“东皋子”。性简傲，嗜酒，能饮五斗，自作《五斗先生传》，撰《酒经》《酒谱》。其诗近而不浅，质而不俗，真率疏放，有旷怀高致，直追魏晋高风。律体滥觞于六朝，而成型于隋唐之际，王绩实为先声。

和晋陵陆丞早春游望[1]

杜审言

独有宦游人[2]，偏惊物候[3]新。云霞出海曙，梅柳渡江春。淑气[4]催黄鸟，晴光转绿苹[5]。忽闻歌古调[6]，归思欲沾巾。

注 释 Zhushi

❶ 和：指用诗应答。晋陵：现江苏省常州市。
❷ 宦游人：离家当官的人。
❸ 物候：指自然界的气象和季节变化.
❹ 淑气：和暖的天气。
❺ 绿苹：浮萍。
❻ 古调：指陆丞写的诗，即题目中的《早春游望》。

译 文 Yiwen

只有远离故里外出做官之人，特别敏感自然物候转化更新。海上云霞灿烂旭日即将东升，江南梅红柳绿江北却才回春。和暖的春气催促着黄莺歌唱，晴朗的阳光下绿萍颜色转深。忽然听到你歌吟古朴的曲调，勾起归思情怀令人落泪沾襟。

赏 析 Shangxi

这一首和诗，作者是用原唱同题抒发自己宦游江南的感慨和归思。江南早春天气，和朋友一起游览风景，诗一开头就发感慨，说只有离别、家乡、奔走仕途的游子，才会对异乡的节物气候感到新奇而大惊小怪。意思是，如果在家乡，或是当地人，则习见而不怪。开头相当别致，很有个性特点。中间二联即写“惊新”。表面看，这两联写江南新春伊始至仲春二月的物候变化特点，表现出江南春光明媚、鸟语花香的水乡景色；实际上，诗人是从比较故乡中原物候来写异乡江南的新奇的，在江南仲春的新鲜风光里有着诗人怀念中原暮春的故土情意，句句惊新而处处怀乡。“云霞出海曙，梅柳渡江春”是写新春伊始。诗人突出地写江南的新春是与太阳一起从东方的大海升临人间的，像曙光一样映照着满天云霞。梅柳渡过江来，江南就完全是花发木荣的春天了。接着，写春鸟。“淑气”谓春天温暖气候。“黄鸟”即黄莺，以一个“催”字，突出了江南二月春鸟更其欢鸣的特点。然后，写水草。暗示出江南二月仲春的物候，恰同中原三月暮春，整整早了一个月。这两联写眼中所见江南物候，也寓含着心中怀念中原故乡之情，与首联的矛盾心情正相一贯，同时也自然地转到末联。诗的末联“忽闻歌古调，归思欲沾巾”，正面道出自己伤春思归的本意，并以闻“歌古调”缴足题面，点明和诗之旨。这两句说，陆丞的诗好像使作者忽然听到了古人的歌曲，不觉勾起了回乡的念头，以至泪下沾巾了。最终达到了抒发伤春之情的目的。这一顿挫，与篇首的“惊”字遥相呼应，愈见此诗婉曲跌宕之妙。

作者简介 Zuozhe Jianjie

【杜审言】

杜审言（约645—708），字必简，中国唐朝襄州襄阳人，是大诗人杜甫的祖父。唐高宗咸亨进士，唐中宗时，因与张易之兄弟交往，被流放峰州（今越南越池东南）。曾任隰城尉、洛阳丞等小官，累官修文馆直学士，少与李峤、崔融、苏味道齐名，称“文章四友”，是唐代近体诗的奠基人之一，作品多朴素自然。其五言律诗，格律严谨。

送杜少府之任蜀州

王　勃

城阙辅三秦❶，风烟望五津❷。与君离别意，同是宦游人。海内存知己，天涯若比邻。无为在歧路，儿女共沾巾。

注 释 Zhushi

❶ 城阙：指唐代都城长安。辅：护卫。三秦：现在陕西省一带；辅三秦即以三秦为辅。

❷ 五津：四川境内长江的五个渡口。

译 文 Yiwen

古代三秦之地，拱护长安城垣宫阙。风烟滚滚，望不到蜀州岷江的五津。与你握手作别时，彼此间心心相印；你我都是远离故乡，出外做官之人。四海之内只要有了你，知己啊知己，不管远隔在天涯海角，都像在一起。请别在分手的歧路上，伤心地痛哭；像多情的少年男女，彼此泪落沾衣。

赏 析 Shangxi

此诗是送别的名作。诗意慰勉勿在离别之时悲哀。特别是“海内存知己，天涯若比邻”两句，至今还常被人们引用。这首诗写得乐观开朗，没有一般赠别诗常有的那种哀伤和悱恻。这正是它受人喜爱的一个重要原因。诗句中并不堆砌辞藻和典故，只是用质朴的语言，抒写壮阔的胸襟。但在质朴之中又有警策，在豪语中又包含着对友人的体贴，绝不是一览无余、索然寡味。诗人本来是要劝慰杜少府的，劝他不要过于感伤。但并不是一上来就劝他，而是先用环境的描写衬托惜别的心情，表示自己是和他一样的宦游人，因而最能理解他那种离开亲友远出求仕的心情。接下去又说，山高水远并不能阻隔知己在精神上和感情上的沟通，“海内存知己，天涯若比邻”，遂成为全篇的警策。直到最后才劝他不要在分手的时候过于悲伤。这样写来，拓开意境，把离别的那点缠绵悱恻的感情排解开去。

作者简介 Zuozhe Jianjie

【王勃】

王勃（649或650—676或675），唐代诗人。汉族，字子安。绛州龙门（今山西河津）人。王勃与杨炯、卢照邻、骆宾王齐名，被称为“初唐四杰”，其中王勃为“初唐四杰”之冠。

回乡偶书[1]

贺知章

少小离家老大[2]回，乡音无改鬓毛衰[3]。儿童相见不相识[4]，笑问客从何处来。

注 释 Zhushi

❶ 偶书：随便写的诗。偶：说明诗写作得很偶然，是随时有所见、有所感就写下来的。

❷ 老大：年纪大了。贺知章回乡时已年逾八十。

❸ 乡音：家乡的口音。衰（cuī）：减少，疏落。鬓毛衰：指鬓毛减少，疏落。

❹ 相见：即看见我。不相识：即不认识我。

译 文 Yiwen

我在年少时离开家乡，到了迟暮之年才回来。我的乡音虽未改变，但鬓角的毛发却已经疏落。儿童们看见我，没有一个认识的。他们笑着询问：这客人是从哪里来的呀？

赏 析 Shangxi

这是一首久客异乡、缅怀故里的感怀诗。在第一、二句中，诗人置身于故乡熟悉而又陌生的环境之中，一路迤逦行来，心情颇不平静：当年离家，风华正茂；今日返归，鬓毛疏落，不禁感慨。三、四句从充满感慨的一幅自画像，转而为富于戏剧性的儿童笑问的场面。“笑问客从何处来”，在儿童，这只是淡淡的一问，言尽而意止；在诗人，却成了重重的一击，引出了他的无穷感慨，自己的老迈衰颓与反主为宾的悲哀，尽都包含在这看似平淡的一问中了。全诗就在这有问无答处悄然作结，而弦外之音却如空谷传响，哀婉备至。

作者简介 Zuozhe Jianjie

【贺知章】

贺知章（659—744），唐代诗人，字季真，越州永兴（今浙江省杭州市萧山区）人。公元695年（武则天证圣元年）中进士，授国子四门博士，迁太常博士。后历任礼部侍郎、秘书监、太子宾客等职。为人旷达不羁，有“清谈风流”之誉，晚年自号“四明狂客”“秘书外监”。八十六岁告老还乡，旋逝。他属盛唐前期诗人，又是著名书法家。作品大多散佚，现仅存二十首。

春江花月夜

张若虚

春江潮水连海平，海上明月共潮生。滟滟[1]随波千万里，何处春江无月明。江流宛转绕芳甸[2]，月照花林皆似霰[3]。空里流霜[4]不觉飞，汀[5]上白沙看不见。江天一色无纤尘[6]，皎皎空中孤月轮[7]。江畔何人初见月？江月何年初照人？人生代代无穷已[8]，江月年年只相似。不知江月待何人，但见[9]长江送流水。白云一片去悠悠[10]，青枫浦上[11]不胜愁。谁家今夜扁舟[12]子？何处相思明月楼[13]？可怜楼上月徘徊[14]，应照离人[15]妆镜台[16]。玉户[17]帘中卷不去，捣衣砧[18]上拂还来。此时相望不相闻[19]，愿逐[20]月华[21]流照君。鸿雁长飞光不度，鱼龙潜跃水成文[22]。昨夜闲潭[23]梦落花，可怜春半不还家。江水流春去欲尽，江潭落月复西斜。斜月沉沉藏海雾，碣石潇湘[24]无限路[25]。不知乘月[26]几人归，落月摇情[27]满江树。

注 释 Zhushi

❶ 滟（yàn）滟：波光闪动的光彩。

❷ 芳甸（diàn）：遍生花草的原野。

❸ 霰（xiàn）：雪珠，小冰粒。

❹ 流霜：飞霜，古人以为霜和雪一样，是从空中落下来的，所以叫流霜。这里比喻月光皎洁，月色朦胧、流荡，所以不觉得有霜霰飞扬。

❺ 汀（tīng）：沙滩。

❻ 纤尘：微细的灰尘。

❼ 月轮：指月亮，因月圆时像车轮，故称月轮。

❽ 穷已：穷尽。

❾ 但见：只见、仅见。

❿ 悠悠：渺茫、深远。

⓫ 青枫浦上：青枫浦，地名，今湖南浏阳县境内有青枫浦，这里泛指游子所在的地方。浦上：水边。

⓬ 扁舟：孤舟，小船。

⓭ 明月楼：月夜下的闺楼。这里指闺中思妇。

⓮ 月徘徊：指月光移动。

⓯ 离人：此处指思妇。

⓰ 妆镜台：梳妆台。

⓱ 玉户：形容楼阁华丽，以玉石镶嵌。

⓲ 捣衣砧：捣衣石、捶布石。

⓳ 相闻：互通音信。

⑳ 逐：跟从、跟随。

㉑ 月华：月光。

㉒ 文：同“纹”。

㉓ 闲潭：安静的水潭。

㉔ 潇湘：湘江与潇水。

㉕ 无限路：言离人相去很远。

㉖ 乘月：趁着月光。

㉗ 摇情：激荡情思，犹言牵情。

译文 Yiwen

春天的江潮水势浩荡，与大海连成一片，一轮明月从海上升起，好像与潮水一起涌出来。月光照耀着春江，随着波浪闪耀千万里，所有地方的春江都有明亮的月光。江水曲曲折折地绕着花草丛生的原野流淌，月光照射着开遍鲜花的树林好像细密的雪珠在闪烁。月色如霜，所以霜飞无从觉察。洲上的白沙和月色融合在一起，看不分明。江水、天空成一色，没有一点微小灰尘，明亮的天空中只有一轮孤月高悬空中。江边上什么人最初看见月亮，江上的月亮哪一年最初照耀着人？人生一代代地无穷无尽，只有江上的月亮一年年地总是相像。不知江上的月亮等待着什么人，只见长江不断地输送着流水。游子像一片白云缓缓地离去，只剩下思妇站在离别的青枫浦不胜忧愁。哪家的游子今晚坐着小船在漂流？什么地方有人在明月照耀的楼上相思？可怜楼上不停移动的月光，应该照耀着离人的梳妆台。月光照进思妇的门帘，卷不走，照在她的捣衣砧上，拂不掉。这时互相望着月亮可是互相听不到声音，我希望随着月光流去照耀着您。鸿雁不停地飞翔，而不能飞出无边的月光；月照江面，鱼龙在水中跳跃，激起阵阵波纹。昨天晚上梦见花朵落在幽静的水潭上，可怜春天过了一半还不能回家。江水带着春光将要流尽，水潭上的月亮又要西落。斜月慢慢下沉，藏在海雾里，碣石与潇湘的离人距离无限遥远。不知有几人能趁着月光回家，只有那西落的月亮摇荡着离情，洒满了江边的树林。

赏析 Shangxi

此诗被闻一多先生誉为“诗中的诗，顶峰上的顶峰”（《宫体诗的自

赎》）的《春江花月夜》，一千多年来使无数读者为之倾倒。一生仅留下两首诗的张若虚，也因这一首诗，“孤篇横绝，竟为大家”。

诗篇题目就令人心驰神往。春、江、花、月、夜，这五种事物集中体现了人生最动人的良辰美景，构成了诱人探寻的奇妙艺术境界。

这首诗以写月升起，以写月落结，把从天上到地下这样寥廓的空间，从明月、江流、青枫、白云到水纹、落花、海雾等等众多的景物，以及客子、思妇种种细腻的感情，通过环环紧扣、连绵不断的结构方式组织起来。由春江引出海，由海引出明月，又由江流明月引出花林，引出人物，转情换意，前后呼应，若断若续，使诗歌既完美严密，又有反复咏叹的艺术效果。前半部重在写景，是写实，但如“何处春江无月明”“空里流霜不觉飞”等句子，同时也体现了人物的想象和感觉。后半部重在抒情，这情是在景的基础上产生的，如长江流水、青枫白云、帘卷不去、拂砧还来等句，景中亦自有情，结尾一句，更是情景交融的名句。全篇有情有景，亦情亦景，情景交织成有机整体。诗歌写了许多色彩鲜明的形象，如皎月、白沙、白云、青枫等等，这些景物共同造成了柔和静谧的诗境，这种意境与所抒发的绵邈深挚的情感，十分和谐统一。

《春江花月夜》在思想与艺术上都超越了以前那些单纯模山范水的景物诗，“羡宇宙之无穷，哀吾生之须臾”的哲理诗，抒儿女别情离绪的爱情诗。诗人将这些屡见不鲜的传统题材，注入了新的含义，融诗情、画意、哲理为一体，凭借对春江花月夜的描绘，尽情赞叹大自然的奇丽景色，讴歌人间纯洁的爱情，把对游子思妇的同情心扩大开来，与对人生哲理的追求、对宇宙奥秘的探索结合起来，从而汇成一种情、景、理水乳交融的幽美而邈远的意境。诗人将深邃美丽的艺术世界特意隐藏在惝恍迷离的艺术氛围之中，整首诗篇仿佛笼罩在一片空灵而迷茫的月色里，吸引着读者去探寻其中美的真谛。

诗的韵律节奏也饶有特色。诗人灌注在诗中的感情旋律极其悲慨激荡，但那旋律既不是哀丝豪竹，也不是急管繁弦，而是像小提琴奏出的小夜曲或梦幻曲，含蕴，隽永。诗的内在感情是那样热烈、深沉，看来却是自然的、平和的，犹如脉搏跳动那样有规律，有节奏，而诗的韵律也相应地扬抑回旋。全诗共三十六句，四句一换韵，共换九韵。又平声庚韵起首，中间为仄声霰韵、平声真韵、仄声纸韵、平声尤韵、灰韵、文韵、麻韵，最后以仄声遇韵结束。诗人把阳辙韵与阴辙韵交互杂沓，高低音相间，依次为洪亮级（庚、霰、真）——细微极（纸）——柔和级（尤、灰）——洪亮级（文、麻）——细微级（遇）。全诗随着韵脚的转换变化，平仄的交错运用，一唱三叹，前呼后应，既回环反复，又层出不穷，音乐节奏感强烈而优美。这种语音与韵味的变化，又是切合着诗情的起伏，可谓声情与文情丝丝入扣，婉转谐美。

作者简介 Zuozhe Jianjie

【张若虚】

张若虚（660—约 720），唐代诗人。扬州人，官兖州兵曹，与贺知章、张旭、包融齐名，号“吴中四士”。以诗《春江花月夜》“孤篇横绝，竟为大家”。该诗描写细腻，音节和谐，颇受六朝诗风影响，后世包括词、曲在内的多种文学形式都受到该诗在音韵、场景描写方面的影响，从而也奠定了张若虚在中国文学史上的地位。

登幽州[1]台歌

陈子昂

前不见古人[2]，后不见来者[3]。念天地之悠悠[4]，独怆然而涕下[5]！

注 释 Zhushi

❶ 幽州：古十二州之一，现今北京市。

❷ 前：过去。古人：古代那些能够礼贤下士的圣君。

❸ 后：未来。来者：后世那些重视人才的贤明君主。

❹ 念：想到。悠悠：形容时间的久远和空间的广大。

❺ 怆（chuàng）然：悲伤，凄恻。涕：眼泪。

译 文 Yiwen

往前不见古代招贤的圣君，向后不见后世求才的明君。只有那苍茫天地悠悠无限，止不住满怀悲伤热泪纷纷。

赏 析 Shangxi

《登幽州台歌》这首短诗，深刻地表现了诗人怀才不遇、寂寞无奈的情绪。语言苍劲奔放，富有感染力，成为历来传诵的名篇。“前不见古人，后不见来者。”表达作者生不逢时的伤感心情；当登台远眺时，只见茫茫宇宙，天长地久，不禁感到孤单寂寞，悲从中来，怆然流泪了。诗人看不见前古贤人，古人也没来得及看见诗人；诗人看不见未来英杰，未来英杰同样看不见诗人，诗人所能看见以及能看见诗人的，只有眼前这个时代。这首诗以慷慨悲凉的调子，表现了诗人失意的境遇和寂寞苦闷的情怀。这种悲哀常常为旧社会许多怀才不遇的人士所共有，因而获得广泛的共鸣。全篇前后句法长短不齐，音节抑扬变化，互相配合，增强了艺术感染力。

作者简介 Zuozhe Jianjie

【陈子昂】

陈子昂（约661—702），唐代文学家，初唐诗文革新人物之一，字伯玉，汉族，梓州射洪（今属四川）人。因曾任右拾遗，后世称为陈拾遗。光宅进士，历仕武则天朝麟台正字、右拾遗。解职归乡后受人所害，忧愤而死。其存诗共一百多首，其中最有代表性的是《感遇》诗三十八首，《蓟丘览古赠卢居士藏用》七首和《登幽州台歌》。

感遇二首

张九龄

其　一

兰叶春葳蕤[1]，桂华[2]秋皎洁。欣欣此生意[3]，自尔

为佳节[4]。谁知林栖者[5]，闻风坐相悦[6]。草木有本心[7]，何求美人[8]折？

注 释 Zhushi

❶ 兰：此指兰草。葳蕤：枝叶茂盛而纷披。
❷ 桂华：桂花。“华”同“花”。
❸ 生意：生机勃勃。
❹ 自尔：自然地。佳节：美好的季节。
❺ 林栖者：山中隐士。
❻ 闻风：闻到芳香。坐：因而。
❼ 本心：天性。
❽ 美人：指林栖者山林高士、隐士。

译 文 Yiwen

春天里的幽兰翠叶纷披，秋天里的桂花皎洁清新。世间的草木勃勃的生机，自然顺应了美好的季节。谁想到山林隐逸的高人，闻到芬芳因而满怀喜悦。草木散发香气源于天性，怎么会求观赏者攀折呢！

赏 析 Shangxi

此诗系张九龄遭谗被贬为荆州长史时所作，开元末期，唐玄宗沉溺声色，怠慢政事，口蜜腹剑的李林甫和专事逢迎的牛仙客结党把持朝政，排除异己，朝政更加腐败。张九龄对此十分不满，于是采用传统的比兴手法，托物寓意，作《感遇十二首》。诗人托物言志，以春兰和秋桂的芳洁品质，来比喻自己守正不阿的高尚节操；以春兰和秋桂不因无人采折而失去芬芳美质，来比喻自己的志洁行芳，不求人知的高雅情怀。诗一开始用整齐的偶句，以春兰秋桂对举，点出无限生机和清雅高洁之特征。三、四句，写兰桂充满活力却荣而不媚，不求人知的品质。上半首写兰桂，不写人。五、六句以“谁知”急转引出与兰桂同调的山中隐者来。末两句点出无心与物相竞的情怀。全诗一面表达了恬淡从容超脱的襟怀，另一面忧谗惧祸的心情也隐然可见。诗以草木照应，旨诣深刻，于咏物背后，寄寓着生活哲理。

其　二

江南有丹橘，经冬犹绿林。岂伊地气暖[1]，自有岁寒心[2]。可以荐嘉客[3]，奈何阻重深[4]。运命[5]惟所遇，循环不可寻[6]。徒言树桃李[7]，此木岂无阴[8]。

注释 Zhushi

1. 岂：难道。伊：那里，指江南。
2. 岁寒心：耐寒的本性。
3. 荐：进献。嘉客：嘉宾贵客。
4. 奈何：无奈。阻重深：山高水深，阻隔重重。
5. 运命：命运。
6. 循环：周而复始，变化莫测。寻：探求。
7. 徒言：只说。树：种植。
8. 此木：指丹橘。阴：树阴。

译文 Yiwen

江南丹橘叶茂枝繁，经过冬天都不凋零四季常青。岂止因为南国地气和暖，而是它具有松柏秉性。推荐它给朋友必受称赞，山重水阻如何进献？命运遭遇往往不一，因果循环奥秘难寻。只说桃李有果有林，难道丹橘就不能成阴？

赏析 Shangxi

诗人谪居江陵，正是橘之产区。于是借彼丹橘桔，喻己操守。诗开头二句，托物喻志之意，尤其明显。以一个“犹”字，充满了赞颂之意。三、四句用反诘，说明橘之高贵是其本质使然，并非地利之故。五、六句写如此嘉树佳果，本应荐之嘉宾，然而却重山阻隔，无法为之。七、八句叹惜丹橘之命运和遭遇。最后为桃李之被宠誉，丹橘之被冷遇打抱不平。全诗表达诗人对朝政昏暗和身世坎坷的愤懑。诗平淡自然，愤怒哀伤不露痕迹，语言温雅醇厚。

作者简介 Zuozhe Jianjie

【张九龄】

张九龄（678—740），字子寿，韶州曲江（今广东韶关）人。唐中宗景龙初 中进士，位至宰相。在位直言敢谏，举贤任能，为一代名相。曾预言安禄山狼子野心，宜早诛灭，未被采纳。他守正不阿，为奸臣李林甫所害，被贬为荆州长史。开元末年，告假南归，卒于曲江私第。他七岁能文，终以诗名。其诗由雅淡清丽，转趋朴素遒劲，运用比兴，寄托讽喻，对初唐诗风的转变，起了推动的作用。

望月怀远

张九龄

海上生明月，天涯共此时。情人怨遥夜[1]，竟夕[2]

起相思。灭烛[3]怜光满，披衣觉露滋。不堪盈手[4]赠，还寝梦佳期[5]。

注释 Zhushi

❶ 遥夜：遥字既含长夜之意，又兼夜天遥隔之意。

❷ 竟夕：终夜。

❸ 灭烛：熄灭烛光。

❹ 盈手：满手。

❺ 佳期：美好之日，指相见的日子。

译文 Yiwen

一轮皎洁的明月，从海上徐徐升起；和我一同仰望远在天涯的爱人。有情人天各一方，同怨长夜难挨；孤身彻夜不成眠，辗转反侧起相思。灭烛欣赏明月，只见淡淡清光铺满世间；起身披衣，闲庭信步，只觉露珠侵人肌肤。月光虽美，难采撷送给远方亲人；不如回去安寝，或可梦见相会佳期。

赏析 Shangxi

此诗乃望月怀思的名篇，写景抒情并举，情景交融。诗人望见明月，立刻想到远在天边的亲人，此时此刻正与我同望。有怀远之情的

人，难免终夜相思，彻夜不眠。身居室内，灭烛望月，清光满屋，更觉可爱；披衣出户，露水沾衣，月华如练，益加陶醉。如此境地，忽然想到月光虽美却不能采撷以赠远方亲人，倒不如回到室内，寻个美梦，或可期得欢娱的约会。诗的意境幽静秀丽，情感真挚。层层深入不紊，语言明快铿锵，细细品味，如尝橄榄，余甘无尽。“海上生明月，天涯共此时”为千古佳句，意境雄浑豁达。

凉州词❶ 王翰

葡萄美酒夜光杯❷，欲饮琵琶马上催❸。醉卧沙场君莫笑❹，古来征战❺几人回？

注释 Zhushi

❶ 王翰写有《凉州词》两首，慷慨悲壮，广为流传。这首《凉州词》被明代王世贞推为唐代七绝的压卷之作。

❷ 夜光杯：用白玉制成的酒杯，光可照明。这里指精美的酒杯。

❸ 欲：将要。琵琶：这里指作战时用来发出号角的声音时用的。催：催人出征。

❹ 沙场：平坦空旷的沙地，古时多指战场。君：你。

❺ 征战：打仗。

译文 Yiwen

精致的酒杯，斟满殷红的葡萄美酒。正要开怀畅饮，忽然，铮铮琮琮的琵琶声马上传来催人出征的消息。如果醉倒在沙场上，请你不要见笑啊，从古至今，征战的人有几个是活着回来的呢？

赏析 Shangxi

唐人七绝多是乐府歌词，凉州词即其中之一。这首诗地方色彩极浓。从标题看，凉州属西北边地；从内容看，葡萄酒是当时西域特产，夜光杯是西域所进，琵琶更是西域所产。这些无一不与西北边塞风情相关。这首七绝正是一首优美的边塞诗。诗人似在代将士倾诉衷肠：管他呢，虽然出发在即，我们依然痛饮，不惜醉倒沙场，这种狂饮你们不会见笑吧？“君莫笑”三字，于顿挫之中一笔挑起，引出了全诗最悲痛、最决绝的一句，这就是结尾的“古来征战几人回”这个诘问句，夸张地展示了战争的残酷后果，道出了普遍性，深化了诗歌的主题。显然，这

里所控诉的，已不只是将士们所面临的这一次征战，而是“古来”由统治阶级为了自身利益而发动的驱使千千万万将士去送死的战争！全诗抒发的是反战的哀怨，所揭露的是自有战争以来生还者极少的悲惨事实，却出以豪迈旷达之笔，表现了一种视死如归的悲壮情绪。

作者简介 Zuozhe Jianjie

【王翰】

王翰（687—726），字子羽，晋阳（今山西太原）人。登进士第，举直言极谏，调昌乐尉。复举超拔群类，召为秘书正字。擢通事舍人、驾部员外。其诗题材大多吟咏沙场少年、玲珑女子以及欢歌饮宴等，表达对人生短暂的感叹和及时行乐的旷达情怀。代表作有《凉州词》《饮马长城窟行》《春女行》《古蛾眉怨》等，他的诗多豪放壮丽之句，但多已散佚，传世之作中最负盛名的是这首《凉州词》。

登鹳雀楼[1]

王之涣

白日依山尽[2]，黄河入海流。欲穷千里目[3]，更[4]上一层楼。

注释 Zhushi

[1] 鹳雀楼：旧址在山西永济县，楼高三层，前对中条山，下临黄河。传

说常有鹳雀在此停留，故有此名。

❷ 白日：太阳。依：依傍。尽：消失。这句话是说太阳依傍山峦沉落。

❸ 欲：想要得到某种东西或达到某种目的的愿望，但也有希望、想要的意思。穷：尽，使达到极点。千里目：眼界宽阔。

❹ 更：替、换。

译 文 Yiwen

夕阳西沉，渐渐没入连绵的群山，黄河奔腾，汇入浩瀚的大海。虽然眼前一片壮阔，但要打开千里视野，看得更清更远，那还须再登上一层层高楼。

赏 析 Shangxi

这首诗写诗人在登高望远中表现出来的不凡的胸襟抱负，反映了盛唐时期人们积极向上的进取精神。其中，前两句写所见。“白日依山尽”写远景，写山，写登楼望见的景色，“黄河入海流”写近景，写水写得景象壮观，气势磅礴。这里，诗人运用极其朴素、极其浅显的语言，既高度形象又高度概括地把进入广大视野的万里河山，收入短短十个字中；而后人在千载之下读到这十个字时，也如临其地，如见其景，感到胸襟为之一开。

首句写遥望一轮落日向着楼前一望无际、连绵起伏的群山西沉，在视野的尽头冉冉而没。这是天空景、远方景、西望景。次句写目送流经楼前下方的黄河奔腾咆哮、滚滚南来，又在远处折而东向，流归大海。这是由地面望到天边，由近望到远，由西望到东。这两句诗合起来，就把上下、远近、东西的景物，全都容纳进诗笔之下，使画面显得特别宽广，特别辽远。后两句是千古传诵的名句，既别翻新意，出人意表，又与前两句诗承接得十分自然、十分紧密。诗句看来只是平铺直叙地写出了这一登楼的过程，而含意深远，耐人探索。这里有诗人向上进取的精神、高瞻远瞩的胸襟，也道出了要站得高才看得远的哲理。

作者简介 Zuozhe Jianjie

【王之涣】

王之涣（688—742），是盛唐时期的诗人，字季凌，并州（山西太原）人。豪放不羁，常击剑悲歌，其诗多被当时乐工制曲歌唱。名动一时，常与高适、王昌龄等相唱和，以善于描写边塞风光著称。代表作有《登鹳雀楼》《出塞》等。

出塞

王之涣

黄河远上白云间，一片孤城万仞[1]山。羌笛何须怨杨柳[2]，春风不度玉门关[3]。

注释 Zhushi

❶ 万仞：一仞八尺，万仞是形容山很高的意思。

❷ 羌笛：西代羌人所制的一种管乐器。杨柳：指《折杨柳曲》，是一种哀怨的曲调。

❸ 玉门关：关名，在今甘肃省敦煌县西南，是古代通西域的要道。

译文 Yiwen

黄河发源于黄土高原，高入白云之间，矗立漠北的一座孤城，背倚万仞高

山。莫须埋怨，羌笛吹奏《折杨柳》的悲调曲，难道还不知道，春风历来就度不过玉门关！

赏析 Shangxi

这首诗旨在写凉州险僻，守边艰苦。诗的首句，写汹涌澎湃的黄河，发源于云端，突出其源远流长，展示边地广漠壮阔的风光。次句写凉州城的戍边堡垒，地处险要，境界孤危。三句递转，写所闻。羌笛奏着《折杨柳》的曲调，勾起征夫离愁。全诗耐人寻味，可谓边塞诗的绝唱。

夏日南亭怀辛大

孟浩然

山光[1]忽西落，池月渐东上[2]。散发乘夕凉，开轩卧闲敞[3]。荷风送香气，竹露滴清响。欲取鸣琴弹，恨[4]无知音赏。感此怀故人，中宵劳梦想[5]。

注释 Zhushi

❶ 山光：傍山的日影。

❷ 池月：池边的月色。东上：从东面升起。

❸ 卧闲敞：躺在幽静宽敞的地方。

❹ 恨：遗憾。

❺ 中宵：整夜。劳：苦于。

译文 Yiwen

傍山的日影忽然西落了，池塘上的月亮从东面慢慢升起。披散着头发在夜晚乘凉，打开窗户躺卧在幽静宽敞的地方。一阵阵的晚风送来荷花的香气，露水从竹叶上滴下发出清脆的响声。正想拿琴来弹奏，可惜没有知音来欣赏。感慨良宵，怀念起老朋友来，整夜在梦中苦苦地想念。

赏析 Shangxi

本诗抒发了诗人对老友的怀念。诗的内容可分两部分，既写夏夜水亭纳凉的清爽闲适，同时又表达对友人的怀念。“山光忽西落，池月渐东上”，开篇就是咏景，写出诗人的主观感受。三、四句不但写出一种闲情，同时也写出一种适意，来自身心两方面的快感。进而，诗人从嗅觉、听觉两方面继续写这种快感：“荷风送香气，竹露滴清响。”荷花的香气清淡细微，竹露滴在池面其声清脆，滴水可闻，细香可嗅，使人感到此外更无声息。南亭纳凉的诗人，已自然进入这种心境，此刻正宜操琴。不料却由“鸣琴”之想牵惹起一层淡淡的怅惘，像平静的井水起了一阵微澜。由弹琴想到“知音”，而生出“恨无知音赏”的缺憾。此时诗人是多么希望有朋友在身边，闲话清谈，共度良宵。“怀故人”的情

绪一直带到进入梦乡之后，居然会见了亲爱的朋友。诗以有情的梦境结束，极有余味。

作者简介 Zuozhe Jianjie

【孟浩然】

孟浩然（689—740），唐代诗人。襄州襄阳（今湖北襄阳）人，世称孟襄阳。前半生主要居家侍亲读书，以诗自适，曾隐居鹿门山。四十岁游京师，应进士不第，返襄阳。在长安时，与张九龄、王维交谊甚笃。后漫游吴越，穷极山水，以排遣仕途的失意。孟浩然诗歌绝大部分为五言短篇，多写山水田园和隐逸、行旅等内容。他和王维并称，在艺术上有独特造诣。

望洞庭湖赠张丞相[1]

孟浩然

八月湖水平，涵虚混太清[2]。气蒸云梦泽[3]，波撼岳阳城。欲济无舟楫，端居耻圣明[4]。坐观垂钓者，徒有羡鱼情[5]。

注释 Zhushi

❶ 张丞相，指张九龄，唐玄宗时宰相，诗人。

❷ 八月湖水平，涵虚混太清：湖水上涨，与岸齐平。天水相连，混为一体。虚、太清：均指天空。

❸ 云梦泽：古时云、梦为二泽，长江之南为梦泽，江北为云泽，后来大部分变干变淤，成为平地，只剩洞庭湖，人们习惯称云梦泽。

❹ 欲济无舟楫，端居耻圣明：是以比喻的方式说，想做官却苦无门路，无人引荐，但不做官又有辱圣明的时代。

❺ 羡鱼情：这句表示作者希望入仕，企盼有人引荐。

译文 Yiwen

八月的湖水涨满，几乎与岸齐平，无崖无端，似将万里长天包容。水汽蒸腾，笼罩了这古老的大泽云梦；波光粼粼，雄浑的气势撼动了岳阳古城。我想要涉水跋河，却没有舟帆载乘；若要闲居端坐，对不起这盛世清明。只好坐下来观看那些垂钓之人，空怀着实现理想的激情。

赏析 Shangxi

诗人选取洞庭湖为切入点，首联描写洞庭湖全景。“八月湖水平，涵虚混太清”，八月秋高气爽，浩阔无垠的湖水轻盈荡漾，烟波飘渺。远眺碧水蓝天，上下浑然。颔联描写湖水声势。“气蒸云梦泽，波撼岳阳城”，写云梦泽水气蒸腾，岳阳城受到洞庭湖波涛的摇撼。表现大气磅礴的气势。这使读者比物联想：一座古城与浩淼的湖水相比尚且如此渺小，更何况是一个人的力量。颈联转入抒情。“欲济无舟楫，端居耻圣明”，这两句用了类比的手法，先说诗人自己本想渡过洞庭湖，却缺少舟和桨，诗人以“无舟楫”喻指自己向往入仕从政而无人接引赏识。言下之意还是说明诗人自己非常希望被荐举出仕。尾联化用典故，“坐观垂钓者，徒有羡鱼情”化用《淮南子·说林训》的古语：“临河而羡鱼，不若归而结网。”喻指诗人空有出仕从政之心，却无从实现这一愿望，这是对颈联进一步深化。“垂钓者”比喻当朝执政的人，这里指张九龄，恳请他荐拔；“羡鱼情”喻从政的心愿，希望对方能竭力引荐，

使诗人的愿望得以实现，活灵活现地表达了诗人恋慕清高又想求仕而难以启齿的复杂心理。总之，诗人那种有志难酬、不得已而为之的难言之情溢于言表。

过故人庄[1]

孟浩然

故人具鸡黍[2]，邀我至田家。绿树村边合[3]，青山郭[4]外斜。开轩面场圃[5]，把酒话桑麻[6]。待到重阳日[7]，还来就菊花[8]。

注释 Zhushi

❶ 过：拜访，探访，看望。故人庄，老朋友的田庄。

❷ 具：准备，置办。鸡黍：指烧鸡和黄米饭。黍：黄米饭。

❸ 合：环绕。

❹ 郭：古代城外修筑的一种外墙。

❺ 轩：指有带窗户的长廊或小屋。面：面对。场圃：场：打谷场；圃：菜园。

❻ 把酒：拿起酒杯。把：拿起。话：闲聊，谈论。桑麻：这里泛指庄稼。

❼ 重阳日：阴历的九月九重阳节。

❽ 还（huán）：回到原处或恢复原状。就菊花：指欣赏菊花与饮酒。

译文 Yiwen

老朋友杀了鸡，煮好黄米饭，邀请我到他的农舍做客。翠绿的树木环绕着小村子，村子城墙外面青山连绵不断。打开窗子面对着谷场和菜园，我们举杯畅饮，谈论着今年庄稼的长势。等到九月初九重阳节的那一天，我还要再来和你一起喝菊花酒，一起观赏菊花开放的灿烂。

赏析 Shangxi

这是一首田园诗，描写农家恬静闲适的生活情景，也写老朋友的情谊。通过写田园生活的风光，写出作者对这种生活的向往。诗由“邀”到“至”到“望”又到“约”一径写去，自然流畅。语言朴实无华，意境清新隽永，诗意自然醇厚。一、二句从应邀写起，“故人”说明不是第一次做客。三、四句是描写山村风光的名句，绿树环绕，青山横斜，犹如一幅清淡的水墨画。五、六句写山村生活情趣。面对场院菜圃，把酒谈论庄稼，亲切自然，富有生活气息。结尾两句以重阳节还来相聚写出友情之深，言有尽而意无穷。使全诗从“淡抹”中显示了它的魅力。

夜归鹿门[1]歌

孟浩然

山寺钟鸣昼已昏[2]，渔梁渡头争渡喧[3]。人随沙岸向江村，余亦乘舟归鹿门。鹿门月照开烟树，忽到庞公栖隐处[4]。岩扉[5]松径长寂寥，惟有幽人[6]自来去。

注　释 Zhushi

❶ 鹿门：山名，在襄阳。孟浩然在山中建有别业。

❷ 昼已昏：天色已黄昏。

❸ 渔梁：洲名，在湖北襄阳城外汉水中。喧：吵闹。

❹ 庞公：庞德公，东汉襄阳人，隐居鹿门山。荆州刺史刘表请他做官，不就，后携妻登鹿门山采药，一去不回。

❺ 岩扉：石门。

❻ 幽人：隐居者，诗人自指。

译　文 Yiwen

山寺里钟声敲响，天色已是黄昏，渔梁渡口一片争渡喧闹声。行人们沿着沙岸走向江村，我也乘着小舟返回到鹿门。鹿门的月亮照得树影含烟，不觉来到庞公隐居的地方。石门的松间小路分外寂静，只有我这个隐者独自来去。

赏　析 Shangxi

孟浩然的诗多写隐居闲适和羁旅愁思，在山水田园景色的描写中寄托自己的性情，这首诗就是如此。此诗主旨歌咏归隐的情怀志趣。全诗虽歌咏归隐的清闲淡雅，但对尘世的热闹仍不能忘情，表达了隐居者迫丁兀柰的情怀。首二句即写傍晚江行见闻，听着山寺传来黄昏报时的钟响，望见渡口人们抢渡回家的喧闹。这悠然的钟声和尘杂的人声，显出山寺的僻静和世俗的喧闹。三、四句就说世人回家，自己离家去鹿门，两样心情，两种归途，表明自己隐逸的志趣，恬然自得。五、六句是写夜晚攀登鹿门山山路，“鹿门月照开烟树”，朦胧的山树被月光映照得格外美妙，诗人陶醉了。忽然在不知不觉中就到了归宿地，原来庞德公就是隐居在这里，诗人恍然了，表现出隐逸的情趣和意境，隐者为大自然所融化。末二句便写“庞公栖隐处”的境况，点破隐逸的真谛。诗人真实地抒写出隐逸情趣，脱尽尘世烟火，但也表现出消极避世的孤独寂寞的情绪。

宿建德江[1] 孟浩然

移舟泊烟渚[2]，日暮客愁[3]新。野旷[4]天低树，江清月近人。

注 释 Zhushi

❶ 建德江：指新安江流经建德（今属浙江）的一段江水。

❷ 移舟：漂浮的小船。泊：停船靠岸。烟渚（zhǔ）：弥漫雾气的沙洲。

❸ 客愁：为思乡而忧思不堪。

❹ 旷：空阔远大。

译 文 Yiwen

把船停泊在暮烟笼罩的江岸边，茫茫暮色勾起了我的几分乡愁。旷野无垠，远处天空比树木还低（就似我的心境低沉），江水清澈，更觉月亮与人意合情投。

赏 析 Shangxi

孟浩然一生大部分时间在家乡鹿门山隐居，四十多岁时曾往长安、洛阳谋取功名，并在吴、越、湘、闽等地漫游。晚年，张九龄为荆州长史时曾聘他为幕僚。该诗作于开元十八年（730 年）漫游吴越之时。这首诗是以舟泊暮宿为背景，它虽然露出一个“愁”字，但立即又将笔触转到景物描写上。可见它在选材和表现上都是颇有特色的。诗的起句“移舟泊烟渚”，行船停靠在江中的一个烟雾朦胧的小洲边，这一面是点题，另一面也就为下文的写景抒情作了准备。“日暮客愁新”中的“日暮”显然和上句的“泊”、“烟”有联系，因为日暮，船需要停宿，那羁旅之愁和思念家人的情感又蓦然而生。第三句写日暮时刻，苍苍茫茫，远处的天空显得比近处的树木还要低，“低”和“旷”是相互依存、相互映衬的。第四句写夜已降临，高挂在天上的明月，映在澄清的江水中，和舟中的人是那么近，“近”和“清”也是相互依存、相互映衬的。“野旷天低树，江清月近人”。这种极富特色的景物，只有人在舟中才能领略得到的。诗人经过一番上下求索，终于发现了还有一轮孤月此刻和他是那么亲近。寂寞的愁心似乎寻得了慰藉，诗也就戛然而止了。全诗淡而有味，含而不露；自然流出，风韵天成。

闺　怨[1]　王昌龄

闺中少妇不知愁[2]，春日凝妆[3]上翠楼。忽见陌头[4]杨柳色，悔教夫婿觅封侯[5]。

注　释　Zhushi

1. 闺怨：少妇的幽怨。闺，女子卧室，借指女子。
2. 不知愁：一作“不曾愁”。
3. 凝妆：盛妆。
4. 陌头：路边。
5. 悔教：后悔让。觅封侯：为求得封侯而从军。觅，寻求。

译　文　Yiwen

闺中少妇未曾有过相思离别之愁，在明媚的春日，她精心妆饰，登上高楼。忽然看到路边的杨柳春色，惆怅之情涌上心头。她后悔当初不该让丈夫从军边塞，建功封侯。

赏析 Shangxi

王昌龄的宫闺诗中《闺怨》尤为突出。诗题为《闺怨》，起笔却写到“闺中少妇不知愁”，紧接着第二句又写出这位少妇在春光明媚的日子里“凝妆”登楼远眺的情景。于是，一个有些天真和娇憨之气的少妇形象跃然纸上。闺中少妇果真不知愁吗？第三句是全诗的关键，称为“诗眼”。这位少妇所见，不过寻常之杨柳，作者何以称之为“忽见”？其实，诗句的关键是见到杨柳后忽然触发的联想和心理变化。杨柳在古代人的心目中，不仅仅是“春色”的代替物，同时它又是别离时相赠的礼物，古人很早便有折柳相赠的习俗。因为那朦胧的杨花柳絮和人的离愁别绪有着某种内在的相似。在这一瞬间的联想之后，少妇心中那沉积已久的离愁和遗憾便一下子强烈起来，变得一发而不可收。“悔教夫婿觅封侯”便成为自然流淌出的情感。杨柳色显然只是触发少妇情感变化的一个外因，其实是平时感情的积蓄。所以她的情感变化看似突然，实则在情理之中。

作者简介 Zuozhe Jianjie

【王昌龄】

王昌龄（约690—约756），字少伯，山西太原人。盛唐著名边塞诗人，后人誉为“七绝圣手”。早年贫贱，困于农耕，年近不惑，始中进士。初任秘书省校书郎，又中博学宏辞，授汜水尉，因事贬岭南。与李白、高适、王维、王之涣、岑参等交厚。开元末返长安，改授江宁丞。被谤，谪龙标尉。“安史之乱”起，为刺史闾丘晓所杀。其诗以七绝见长，尤以登第之前赴西北边塞所作边塞诗最著名，有“诗家夫子王江宁”之誉。

塞下曲

王昌龄

饮马渡秋水，水寒风似刀。平沙日未没，黯黯见临洮[1]。昔日长城战，咸[2]言意气高。黄尘足今古，白骨乱蓬蒿。

注释 Zhushi

❶ 黯黯：同“暗暗”。临洮：今甘肃岷县一带，是长城起点。

❷ 咸：都。

译文 Yiwen

牵马饮水渡过了那条大河，水寒刺骨，秋风如刀割。沙场广袤夕阳尚未下落，昏暗中看见遥远的临洮。当年长城曾经的一次鏖战，都说戍边战士的意气高昂。自古以来这里就黄尘迷漫，遍地白骨零乱，夹杂散乱在野草之中。

赏析 Shangxi

这首乐府曲是以长城为背景，描绘战争的悲惨残酷。诗的前四句写塞外晚秋时节，平沙日落的荒凉景象；后四句写长城一带，历来是战场，白骨成丘，景象荒凉。全诗写得触目惊心，表达了非战思想。此诗

在构思上的特点，是用侧面描写来表现主题。开头四句是从军士饮马渡河的所见所感，描绘了塞外枯旷苦寒景象。诗人把描写的时间选在深秋的黄昏，这样更有利于表现所写的内容。笔墨简洁，但又能收到很好的艺术效果。首句仅用十字，就把地域的特点形象地描绘了出来。三、四两句写远望临洮的景象。临洮是长城的起点，唐代为陇右道岷州的治所，这里常常发生战争。“昔日长城战，咸言意气高”，这是众人的说法。对此，诗人不是直接从正面进行辩驳或加以评论，而是以这里的景物和战争遗迹来做回答：“黄尘足今古，白骨乱蓬蒿。”意思是说，临洮这一带沙漠地区，一年四季，黄尘弥漫，战死者的白骨，杂乱地弃在蓬蒿间，从古到今，都是如此。这里没有一个议论字眼，却将战争的残酷极其深刻地揭示出来。这首诗着重表现军旅生活的艰辛及战争的残酷，其中蕴含了诗人对穷兵黩武的反对情绪。

出　塞　王昌龄

秦时明月汉时关，万里长征人未还。但使龙城飞将在❶，不教胡马度阴山❷。

注　释 Zhushi

❶ 但使：只要。龙城：是匈奴人祭祀祖先、天地和鬼神的神圣场所。飞将：指汉朝的飞将军李广。

❷ 阴山：昆仑山的北支，是我国北方的屏障。

译文 Yiwen

秦汉时的明月，秦汉时的边关，至今依然如故，而战争却一直不曾间断，已有无数将士血洒疆场，又有多少战士仍然戍守着边关，不能归来。只要镇守龙城的飞将军李广还在，就不会让匈奴的骑兵跨过阴山，侵犯我中原。

赏析 Shangxi

这是一首慨叹边战不断、国无良将的边塞诗。诗的首句最耐人寻味。说的是此处长城是秦汉建造，这轮明月也是秦汉时的那一轮，世易时移，沧海桑田。大有历史变换、征战未断的感叹。第二句写征人未还，多少男儿战死沙场，留下多少悲剧。三、四句写出千百年来人民的共同意愿，冀望有“龙城飞将”出现，平息胡乱，安定边防。全诗以平凡的语言，唱出雄浑豁达的主旨，气势流畅，一气呵成。

次[1]北固山下

王 湾

客路青山下，行舟绿水前。潮平两岸阔，风正一帆悬。海日生残夜[2]，江春[3]入旧年。乡书何处达，归雁[4]洛阳边。

注释 Zhushi

❶ 次：停留。

❷ 残夜：天快亮时。

❸ 江春：还没到新年，江南就有了春天的音讯。

❹ 归雁：古时传说雁能带信，这句的意思是希望北归的大雁能将家信带到故乡洛阳。

译文 Yiwen

游客路过苍苍的北固山下，船儿泛着湛蓝的江水向前。春潮正涨两岸江面更宽阔，顺风行船恰好把帆儿高悬。红日冲破残夜从海上升起，江上春早年底就春风拂面。寄去的家书不知何时到达，请问归雁几时飞到洛阳边。

赏析 Shangxi

这首写冬末春初，旅行江中，即景生情，而起乡愁。开头以对偶句发端，写神驰故里的漂泊羁旅之情怀。次联写“潮平”、“风正”的江上行船，情景恢弘阔大。三联写拂晓行船的情景，对仗隐含哲理，“形容景物，妙绝千古”，给人积极向上的艺术魅力。尾联见雁思亲，与首联呼应。全诗笼罩着一层淡淡的乡思愁绪。“海日生残夜，江春入旧年”，不失诗苑奇葩，艳丽千秋。

作者简介 Zuozhe Jianjie

【王湾】

王湾（生卒年不详），字为德，洛阳（今属河南洛阳）人，唐玄宗先天元年（712），考中进士，授荥阳县主簿，转洛阳尉。词翰早著，往来于吴、楚间，可惜遗作不多。其“海日生残夜，江春入旧年”之句，当时称最。文学史家称其“气象高远，情景交融”，传为佳作。

古从军行　李　颀

白日登山望烽火❶，黄昏饮马❷傍交河。行人刁斗❸风沙暗，公主琵琶❹幽怨多。野云万里无城郭，雨雪纷纷连大漠。胡雁哀鸣夜夜飞，胡儿眼泪双双落。闻道玉门犹被遮，应将性命逐轻车❺。年年战骨埋荒外，空见蒲桃❻入汉家。

注释 Zhushi

❶ 烽火：古代一种警报。

❷ 饮（yìn）马：给马喂水。

❸ 刁斗：古代军中铜制炊具。

❹ 公主琵琶：汉武帝时以江都王刘建女细君嫁乌孙国王昆莫，恐其途中烦闷，故弹琵琶以娱之。

❺ 闻道玉门犹被遮，应将性命逐轻车：汉武帝曾命李广利攻大宛，欲至贰师城取良马，战不利，广利上书请罢兵回国，武帝大怒，发使至玉门关，曰："军有敢入，斩之！"两句意谓边战还在进行，只得随着将军去拼命。

❻ 蒲桃：西域葡萄。

译文 Yiwen

白天登上观察报警的烽火台，黄昏时牵马饮水靠近交河边。昏暗的风沙传来阵阵刁斗声，如同汉代公主琵琶充满幽怨。旷野云雾茫茫，万里不见城郭，雨雪纷纷笼罩着无边的沙漠。哀鸣的胡雁夜夜从空中飞过，胡人士兵个个眼泪双双滴落。听说玉门关已被挡住了归路，战士只有追随将军拼命奔波。年年战死的尸骨埋葬于荒野，换来的只是西域葡萄送入汉家。

赏析 Shangxi

《从军行》是乐府古题。此诗借汉皇开边，讽玄宗用兵。实写当代之事，由于怕触犯忌讳，所以题目加上一个"古"字。它对当代帝王的好大喜功，穷兵黩武，视人民生命如草芥的行径，加以讽刺，悲多于壮。诗的开头首先写紧张的从军生活。三、四句接着描绘夜晚的情况：风沙弥漫，一片漆黑，只听得见军营中巡夜的打更声和那如泣如诉幽怨的琵琶声。景象非常肃穆而凄凉。接着，诗人又着意渲染边陲的环境。军营所在，四顾荒野，无城郭可依，以上六句，写尽了从军生活的艰苦。接下来，诗人却别具机杼写出了"胡雁哀鸣夜夜飞，胡儿眼泪双双

落”两句。面对这样恶劣的环境，没有人不想班师复员。可是办不到。“闻道玉门犹被遮”一句，打断了“行人”思归之念。这里暗讽当朝皇帝一意孤行，穷兵黩武。罢兵不能，只能“应将性命逐轻车”，跟着本部的将领“轻车将军”去与敌军拼命，下面一句，再接再厉。拼命死战的结果无外乎“战骨埋荒外”。诗人用“年年”两字，指出了这种情况发生的经常性。全诗一步紧一步，由军中平时生活，到战时紧急情况，最后说到死，说出了最后一句的答案：“空见蒲桃入汉家。”讥讽好大喜功的帝王，牺牲了无数人的性命，换到的只有区区的蒲桃而已。最后一句画龙点睛，着落主题，显出此诗巨大的讽喻力。

作者简介 Zuozhe Jianjie

【李颀】

李颀（690—751），汉族，东川（今四川三台）人，唐代诗人。少年时曾寓居河南登封。开元十三年进士，做过新乡县尉的小官，诗以写边塞题材为主，风格豪放，慷慨悲凉，七言歌行尤具特色。

古意[1] 李颀

男儿事长征，少小幽燕客。赌胜马蹄下，由来轻七尺[2]。杀人莫敢前，须如猬毛磔。黄云陇底白云飞，未得报恩不能归。辽东小妇年十五，惯弹琵琶解[3]歌舞。

今为羌笛出塞声，使我三军泪如雨。

注释 Zhushi

❶ 古意：犹“拟古”。
❷ 轻七尺：犹轻生甘死。
❸ 解：擅长。

译文 Yiwen

好男儿远去从军戍边，他们从小就游历幽燕。个个爱在疆场上逞能，为取胜不把生命依恋。厮杀时顽敌不敢上前，胡须像猬毛直竖满面。陇山黄云笼罩白云纷飞，不曾立过战功怎想回归？有个辽东少妇妙龄十五，一向善弹琵琶又善歌舞。她用羌笛吹奏出塞歌曲，吹得三军将士泪挥如雨。

赏析 Shangxi

诗题为“古意”，标明是一首拟古诗。首六句写戍边豪侠的风流潇洒，勇猛刚烈。后六句写见得白云，闻得羌笛，顿觉故乡邈远，不免怀思落泪。离别之情，征战之苦，跃然纸上。语言含蓄顿挫，血脉豁然贯通，跌宕起伏，情韵并茂。

寻西山隐者不遇　丘　为

绝顶一茅茨❶，直上三十里。扣关无僮仆❷，窥室

唯案几[3]。若非巾柴车[4]，应是钓秋水[5]。差池[6]不相见，黾勉空仰止[7]。草色新雨中，松声晚窗里[8]。及兹契幽绝，自足荡心耳[9]。虽无宾主意，颇得清净理[10]。兴尽方下山，何必待之子[11]。

注释 Zhushi

❶ 茅茨：茅屋。

❷ 扣关：敲门。僮仆：指书童。

❸ 唯案几：只有桌椅茶几，表明居室简陋。

❹ 巾柴车：指乘小车出游。

❺ 钓秋水：到秋水潭垂钓。

❻ 差池：原为参差不齐，这里指此来彼往而错过。

❼ 黾勉：勉力，尽力。仰止：仰望，仰慕。

❽ 草色新雨中，松声晚窗里：这是诗人经过观察后亦真亦幻地描写隐者居所的环境。

❾ 及兹契幽绝，自足荡心耳：及兹，来此。契，惬意。荡心耳，涤荡心胸和耳目。

❿ 虽无宾主意，颇得清净理：意谓虽没有受到主人待客的厚意，却悟得了修养身心的真理。

⓫ 之子：这个人，这里指隐者。一作“夫子”。

译文 Yiwen

高高的山顶上有一座茅屋，从山下走上去足有三十里。轻叩柴门竟无童仆回答，窥看室内只有桌案和茶几。主人不是驾着巾柴车外出，就一定是到秋水碧潭去钓鱼。错过了时机不能与他见面，空负了殷勤仰慕一片心意。新雨中草色多么青翠葱绿，晚风将松涛声送进窗户里。这清幽境地很合我的雅兴，足可以把身心和耳目荡涤。我虽然还没有和主人交谈，却已经领悟到清净的道理。

玩到兴尽就满意地下山去，何必非要和这位隐者相聚。

赏析 Shangxi

这是一首描写隐逸高趣的诗。诗以“寻西山隐者不遇”为题，到山中专程去寻访隐者，当然是出于对这位隐者的友情或景仰了，而竟然“不遇”，按照常理，这一定会使访者产生无限失望、惆怅之情。这首诗虽写“不遇”，却偏偏把隐者的生活和性格表现得历历在目；却又借题“不遇”，而淋漓尽致地抒发了自己的幽情雅趣和旷达的胸怀，似乎比相遇了更有收获，更为心满意足。正是由于这一立意的新颖，而使这首诗变得有很强的新鲜感。诗的首两句写隐者独居于深山绝顶之上的“一茅茨”之中，离山下有“三十里”之遥。写这位隐者的远离尘嚣之心，兼写寻访者的不惮艰劳、殷勤远访之意。三、四两句，写到门不遇，叩关无僮仆应承，窥室只见几案，杳无人踪。紧接着下两句是写寻访者停在户前的踟蹰想象之词，远路相寻，差池不见，空负了一片景仰之情，失望之心不能没有。但诗写至此，却突然宕了开去，由访人而变成问景，由失望而变得满足，由景仰隐者，而变得自己来领略隐者的情趣和生活，谁也不能说作者这次跋涉是入宝山而空返。“兴尽方下山，何必待之子”，结句暗用了著名的东晋王子猷雪夜访戴逵的故事。

作者简介 Zuozhe Jianjie

【丘为】

丘为（694—789），唐代诗人，嘉兴（今属浙江）人。累举不第，归里苦读，至天宝（唐玄宗年号，742—756）初始登进士。与王维、刘长卿友善。曾官太子右庶子，其诗大抵为五言，多写田园风物。

终南[1]望余雪

祖　咏

终南阴岭[2]秀，积雪浮云端。林表明霁色[3]，城中增暮寒。

注　释 Zhushi

❶ 终南：山名，在陕西省西安市南面。

❷ 阴岭：背向太阳的山岭

❸ 林表：树林外层与近空处均称林表。霁色：雨后的阳光。

译　文 Yiwen

终南山的北岭山色分外秀美，峰顶上的积雪似乎浮在云端里。雨雪后的树林表面一片明亮，暮色渐生，城中觉得更冷更寒。

赏　析 Shangxi

这首诗是祖咏在长安应试时所作。按照规定，应该作成一首六韵十二句的五言排律，但他只写了这四句就交卷。有人问他为什么，他说：“意思已经完满了。”这真是无话即短，不必画蛇添足。诗的题意是望终南余雪。从长安城中遥望终南山，所见的自然是它的“阴岭”（山北叫

做“阴”）；既赞颂了终南山，又引出下句。“积雪浮云端”，就是“终南阴岭秀”的具体内容。自然，积雪不可能浮在云端。这是说：终南山的阴岭高出云端，积雪未化。云总是流动的，而高出云端的积雪又在阳光照耀下寒光闪闪，不正给人以“浮”的感觉吗？读者也许要说：“这里并没有提到阳光呀！”是的，这里是没有提，但下句却作了补充。“林表明霁色”中的“霁色”，指的就是雨雪初晴时的阳光给“林表”涂上的色彩。整首诗被清代诗人王渔洋称为咏雪最佳作，诗精练含蓄，别有新意。

作者简介 Zuozhe Jianjie

【祖咏】

祖咏（699—746），唐代诗人，洛阳（今属河南）人。少有文名，擅长诗歌创作。与王维友善。开元十二年（724），进士及第，长期未授官。后入仕，又遭迁谪，仕途落拓，后归隐汝水一带。其诗多状景咏物，宣扬隐逸生活，讲求对仗，亦带有诗中有画之色彩。

燕歌行有序 高 适

开元二十六年，客有从御史大夫张公出塞而还者，作《燕歌行》以示适，感征戍之事，因而和焉。

汉家烟尘[1]在东北，汉将辞家破残贼。男儿本自重横行[2]，天子非常赐颜色。摐金伐鼓下榆关[3]，旌旆逶迤碣石间[4]。校尉羽书飞瀚海，单于猎火照狼山[5]。山川萧条极[6]边土，胡骑凭陵杂风雨[7]。战士军前半死生[8]，美人帐下犹歌舞！大漠穷秋塞草腓[9]，孤城落日斗兵稀[10]。身当恩遇[11]常轻敌，力尽关山未解围。铁衣远戍辛勤久，玉箸[12]应啼别离后。少妇城南[13]欲断肠，征人蓟北[14]空回首。边庭飘摇那可度[15]，绝域苍茫无所有[16]。杀气三时作阵云[17]，寒声一夜传刁斗[18]。相看白刃血纷纷[19]，死节从来岂顾勋[20]？君不见沙场征战苦，至今犹忆李将军[21]。

注 释 zhushi

❶ 烟尘：代指战争。

❷ 横行：任意驰走，无所阻挡。

❸ 摐：撞击。金：指钲一类铜制打击乐器。伐：敲击。榆关：山海关，通往东北的要隘。

❹ 旌旆：旌是竿头饰羽的旗。旆是末端状如燕尾的旗。这里都是泛指各种旗帜。逶迤：蜿蜒不绝的样子。碣石：山名。

❺ 校尉：次于将军的武官。羽书：（插有鸟羽的，军用的）紧急文书。瀚海：沙漠。这里指内蒙古东北西拉木伦河上游一带的沙漠。单于：匈奴首领称号，也泛指北方少数民族首领。猎火：打猎时点燃的火光。古代游牧民族出征前，常举行大规模校猎，作为军事性的演习。狼山：又称狼居胥山，在今内蒙古自治区克什克腾旗西北。一说狼山又名郎山，在今河北易县境内。此处“瀚海”、“狼山”等地名，未必是实指。

❻ 极：穷尽。

❼ 凭陵：仗势侵凌。杂风雨：喻敌骑进攻如狂风挟雨而至。

❽ 半生死：意思是半生半死，伤亡惨重。

❾ 腓（一作衰）：指枯萎。

❿ 斗兵稀：作战的士兵越打越少了。

⓫ 身当恩遇：指主将受朝廷的恩宠厚遇。

⓬ 玉箸：白色的筷子（玉筷），比喻思妇的泪水如注。

⓭ 城南：京城长安的住宅区在城南。

⓮ 蓟北：唐蓟州在今天津市以北一带，此处当泛指唐朝东北边地。

⓯ 边庭飘摇：形容边塞战场动荡不安。庭，一作“风”。飘摇，一作“飘飘”，随风飘荡的样子。度：越过相隔的路程，回归。

⓰ 绝域：更遥远的边陲。无所有：更加荒凉不毛。

⓱ 三时：指晨、午、晚，即从早到夜（历时很久。三，不表确数）。阵云：战场上象征杀气的云，即战云。

⓲ 一夜：即整夜，彻夜。刁斗：军中夜里巡更敲击报时用的、煮饭时用的，两用铜器。

⓳ 血：一作“雪”。

⓴ 死节：指为国捐躯。节，气节。岂顾勋：难道还顾及自己的功勋。

㉑ 李将军：指汉朝李广，他能捍御强敌，爱抚士卒，匈奴称他为汉之飞将军。

译 文 Yiwen

唐玄宗开元二十六年，有个随从主帅出塞回来的人，写了《燕歌行》诗一首给我看。我感慨于边疆战守的事，因而写了这首《燕歌行》应和他。

汉朝东北边境狼烟四起，烽火连天，将军辞家欲去破残忍之边贼。战士们本来在战场上所向无敌，皇帝又特别给予他们丰厚的赏赐。锣声响彻重鼓槌声威齐出山海关，旌旗迎风又逶迤猎猎碣石之山间。校尉紧急传羽书飞奔浩瀚之沙海，匈奴单于举猎火光照已到我狼山。山河荒芜多萧条满目凄凉到边土，胡人骑兵仗威力兵器声里夹风雨。战士拼斗军阵前半数死去半生还，美人却在营帐中还是歌来还是舞！时值深秋大沙漠塞外百草尽凋枯，孤城一片映落日战卒越斗越稀少。身受皇家深恩义常思报国轻寇敌，边塞之地尽力量尚未破除匈奴围。身穿铁甲守边远疆场辛勤已长久，珠泪纷落挂双目丈夫远去独啼哭。少妇孤单住城南泪下凄伤欲断肠，远征军人驻蓟北依空仰望频回头。边境动荡甚遥远怎可轻易来奔赴，绝远之地尽苍茫更是人烟何所有。杀气春夏秋三季腾起阵前似乌云，一夜寒风声声里如泣更声惊耳鼓。互看白刃乱飞舞夹杂鲜血纷飞，从来死节为报国难道还求著功勋？你没看见拼杀在沙场战斗多惨苦，现在还在思念有勇有谋的李将军。

赏 析 Shangxi

《燕歌行》是高适的代表作。诗大体可分四段：首段八句写出师。其中前四句说战尘起于东北，将军奉命征讨，天子特赐光彩，已见得宠而骄，为后文轻敌伏笔。后四句接写出征阵容。旌旗如云，鼓角齐鸣，一路上浩浩荡荡，大模大样开赴战地，为失利时狼狈情景作反衬。第二段八句写战斗经过。其中前四句写战初敌人来势凶猛，我军伤亡惨重，后四句说至晚已兵少力竭，不得解围。这是诗中最有揭露性的描写。第三段八句写征人，思妇两地相望，重会无期。诗虽古体，多用偶句，此段因内容需要，而犹着意作对仗。末段四句，两句写战士在生还无望的处境下，已决心以身殉国。两句诗人感慨，对战士的悲惨命运深寄同情，诗以“至今犹忆李将军”作结，再次点明主题。全诗气势畅达，笔力矫健，经过惨淡经营而至于浑化无迹。气氛悲壮淋漓，主意深刻含蓄。《燕歌行》是整个唐代边塞诗中的杰作，千古传诵。

作者简介 Zuozhe Jianjie

【高适】

高适（700—765），字达夫，渤海蓨（今河北沧县）人，一说（今河北景县南）人，居住在宋中（今河南商丘一带）。高适为唐代著名的边塞诗人，与岑参并称“高岑”。笔力雄健，气势奔放，洋溢着盛唐时期所特有的奋发进取、蓬勃向上的时代精神。其诗直抒胸臆，不尚雕饰，以七言歌行最富特色，大多写边塞生活。

渭川田家[1]

王　维

斜阳照墟落[2]，穷巷[3]牛羊归。野老[4]念牧童，倚杖候荆扉[5]。雉雊[6]麦苗秀，蚕眠[7]桑叶稀。田夫荷锄至[8]，相见语依依。即此[9]羡闲逸，怅然吟《式微》[10]。

注释 Zhushi

❶ 渭川：一作“渭水”。渭水源于甘肃，经陕西，流入黄河。田家：农家。

❷ 墟落：村庄。

❸ 穷巷：深巷。

❹ 野老：村野老人。

❺ 倚杖：靠着拐杖。荆扉：柴门。

❻ 雉雊（zhìgòu）：野鸡鸣叫。

❼ 蚕眠：蚕蜕皮时，不食不动，像睡眠一样。

❽ 荷（hè）：肩负的意思。至：一作“立”。

❾ 即此：指上面所说的情景。

❿《式微》：《诗经》篇名，其中有“式微，式微，胡不归”之句，表归隐之意。

译文 Yiwen

村庄处处披满夕阳余晖，牛羊沿着深巷纷纷回归。老叟惦念着放牧的孙儿，拄杖等候在自家的柴扉。雉鸡鸣叫麦儿即将抽穗，蚕儿成眠桑叶已经薄稀。农夫们荷锄回到了村里，大家相见欢声笑语，依依不舍。如此安逸怎不叫我羡慕？我不禁怅然地吟起《式微》。

赏析 Shangxi

诗人描绘了一幅恬然自乐的田家暮归图，虽都是平常事物，却表现出诗人高超的写景技巧。全诗以朴素的白描手法，写出了人与物皆有所归的景象，映衬出诗人的心情，抒发了诗人渴望有所归，羡慕平静悠闲的田园生活的心情，流露出诗人在官场的孤苦、郁闷。诗人一开头，首先描写夕阳斜照村落的景象，渲染暮色苍茫的浓烈气氛，作为总背景，统摄全篇。接着，诗人描绘了牛羊徐徐归村的情景，诗人痴情地目送牛羊归村，直至没入深巷。就在这时，诗人看到了更为动人的情景：柴门外，一位慈祥的老人拄着拐杖，正迎候着放牧归来的小孩。这种朴素的散发着泥土芬芳的深情，感染了诗人，似乎也分享到了牧童归家的乐趣。顿时间，他感到这田野上的一切生命。诗人目睹这一切，联想到自己的处境和身世，十分感慨。所以诗人感慨地说："即此羡闲逸，怅然吟《式微》。"其实，农夫们并不闲逸。但诗人觉得和自己担惊受怕的官场生活相比，农夫们安然得多，自在得多，故有闲逸之感。全诗不事雕饰，纯用白描，自然清新，诗意盎然。

作者简介 Zuozhe Jianjie

【王维】

王维（701—761），唐代诗人。字摩诘，原籍祁县（今属山西），迁至蒲州（今山西永济），遂为河东人。公元721年中进士第一，累官至给事中。安史乱军陷长安时曾受职，乱平后，降为太子中允。后官至尚书右丞，故亦称王右丞。晚年居蓝田辋川，过着亦官亦隐的优游生活。诗与孟浩然齐名，并称"王孟"。前期写过一些以边塞题材的诗篇，但其作品最主要的则为山水诗，通过田园山水的描绘，宣扬隐士生活和佛教禅理。晚年无心仕途，专诚奉佛，故后世人称其为"诗佛"。兼通音乐，工书画。存诗约四百首，有《王右丞集》。

西施咏　王　维

艳色天下重，西施宁久微。朝为越溪女，暮作吴宫妃。贱日岂殊众，贵来方悟稀。邀人傅脂粉，不自著罗衣。君宠益娇态，君怜无是非。当时浣纱[1]伴，莫得同车归。持谢[2]邻家子，效颦安可希[3]。

注　释 Zhushi

❶ 浣纱：会稽县东有西施浣纱石。《水经注》："浣纱溪在荆州，为夷陵州西北，秋冬之月，水色净丽。"

❷ 持谢：奉告。

❸ 效颦：西施病心而颦，其里之丑人见而美之，归亦捧心而效其颦。安可希：怎能希望别人的赏识。

译　文 Yiwen

艳丽的姿色向来为天下器重，美丽的西施怎么能久处低微？原先她是越溪的一个浣纱女，后来却成了吴王宫里的爱妃。贫贱时难道有什么与众不同？显贵了才惊悟她丽质天下稀有。曾有多少宫女为她搽脂敷粉，她从来也不用自己穿着罗衣。君王宠幸，她的姿态更加娇媚，君王怜爱，从不计较她的是非。昔日一起在越溪浣纱的女伴，再不能与她同车去来同车归。奉告那盲目效颦的邻人东施，光学皱眉而想取宠可不容易！

赏 析 Shangxi

诗人所处的盛唐时代，在繁华的外衣下隐藏着政治危机：奸邪小人把持朝廷大权，纨绔子弟凭着裙带关系飞黄腾达，身价倍增，飞扬跋扈；才俊之士却屈居下层，无人赏识。王维这首诗借咏西施来喻世人。《西施咏》取材于历史人物，借古讽今。诗人借西施“朝贱夕贵”，而浣纱同伴中仅她一人命运发生改变的经历，悲叹世态炎凉，抒发怀才不遇的不平与感慨；借世人只见显贵时的西施之美，表达对势利小人的嘲讽；借“朝为越溪女”的西施“暮作吴宫妃”后的骄纵，讥讽那些由于偶然机遇受到恩宠就趾高气扬、不可一世的人；借效颦的东施，劝告世人不要为了博取别人赏识而故作姿态，弄巧成拙。语虽浅显，寓意深刻。

老将行 王 维

少年十五二十时，步行夺得胡马骑[1]。射杀中山白额虎[2]，肯数邺下黄须儿[3]。一身转战三千里，一剑曾当百万师。汉兵奋迅如霹雳，虏骑崩腾畏蒺藜[4]。卫青不败由天幸，李广无功缘数奇。自从弃置便衰朽，世事

蹉跎成白首。昔时飞箭无全目[5]，今日垂杨生左肘。路旁时卖故侯瓜[6]，门前学种先生柳[7]。苍茫古木连穷巷，寥落寒山对虚牖。誓令疏勒出飞泉[8]，不似颍川空使酒[9]。贺兰山下阵如云，羽檄交驰日夕闻。节使三河募年少，诏书五道出将军。试拂铁衣如雪色，聊持宝剑动星文[10]。愿得燕弓射天将，耻令越甲鸣吴军[11]。莫嫌旧日云中守，犹堪一战取功勋。

注释 Zhushi

❶ 步行夺得胡马骑：汉名将李广，为匈奴骑兵所擒，广时已受伤，便即装死。后于途中见一胡儿骑着良马，便一跃而上，将胡儿推在地下，疾驰而归。

❷ 射杀中山白额虎：与上文连贯，应是指李广为右北平太守时，多次射杀山中猛虎事。白额虎（传说为虎中最凶猛一种）。

❸ 肯数：岂可只推。邺下黄须儿：指曹彰，曹操之子，性刚猛，曾亲征乌丸，颇为曹操爱重。这句意谓，岂可只算黄须儿才是英雄。

❹ 蒺藜：本是有三角刺的植物，这里指铁蒺藜，战地所用障碍物。

❺ 飞箭无全目：吴贺使羿射雀，贺要羿射雀左目，却误中右目。这里只是强调羿能使雀双目不全，于此见其射艺之精。

❻ 故侯瓜：故侯指召平，本秦东陵侯，秦亡为平民，种瓜长安城东，瓜味甘美。

❼ 先生柳：晋陶渊明弃官归隐后，因门前有五株杨柳，遂自号“五柳先生”，并写有《五柳先生传》。

❽ 誓令疏勒出飞泉：后汉耿恭与匈奴作战，据疏勒城，匈奴于城下绝其涧水，恭于城中穿井，至十五丈犹不得水，旋向井祈祷，过了一会，果然得水。疏勒：指汉疏勒城，非疏勒国。

❾ 颍川空使酒：灌夫，汉颍阴人，为人刚直，失势后颇牢骚不平，后被

诛。使酒：恃酒逞意气。

⑩ 聊持：且持。星文：指剑上所嵌的七星文。

⑪ 耻令越甲鸣吴军：意谓以敌人甲兵惊动国君为可耻。

译文 Yiwen

当年十五二十岁青春之时，徒步就能夺得胡人战马骑。年轻力壮射杀山中白额虎，数英雄岂止邺下的黄须儿？身经百战驰骋疆场三千里，曾以一剑抵挡了百万雄师。汉军声势迅猛如惊雷霹雳，虏骑互相践踏是怕遇蒺藜。卫青不败是由于天神辅助，李广无功却缘于命运不济。自被摈弃不用便开始衰朽，世事随时光流逝人成白首。当年像后羿飞箭射雀无目，如今不操弓疡瘤生于左肘。像故侯流落为民路旁卖瓜，学陶令门前种上绿杨垂柳。古树苍茫一直延伸到深巷，寥落寒山空对冷寂的窗牖。誓学耿恭在疏勒祈井得泉，不做颍川灌夫为牢骚酗酒。贺兰山下战士们列阵如云，告急的军书日夜频频传闻。持节使臣去三河招募兵丁，诏书令大将军分五路出兵。老将揩拭铁甲光洁如雪色，且持宝剑闪动剑上七星纹。愿得燕地的好弓射杀敌将，绝不让敌人甲兵惊动国君。莫嫌当年云中太守再次复职，还堪一战为国建立功勋。

赏析 Shangxi

这首诗叙述了一位老将的经历。他一生东征西战，功勋卓著，结果却落得个“无功”被弃、不得不以躬耕叫卖为业的可悲下场。边关烽火再起，他又不计恩怨，请缨报国。作品揭露了统治者的赏罚蒙昧，冷酷无情，歌颂了老将的高尚节操和爱国热忱。全诗分三段，开头十句为第一段，是写老将青壮年时代的智勇、功绩和不平遭遇。诗人借用典故，描绘老将的智勇才德。接下去，以“一身转战三千里”，见其征战劳苦；“一剑曾当百万师”，见其功勋卓著；“汉兵奋迅如霹雳”，见其用兵神速，如迅雷之势；“虏骑崩腾畏蒺藜”，见其巧布铁蒺藜阵，克敌制胜。但这样难得的良将，却无寸功之赏，所以诗人借李广与卫青的典故抒发自己的感慨，暗示统治者用人唯亲，赏罚失据，写出了老将的不平遭

遇。中间十句为第二段，写老将被遗弃后的清苦生活，世态炎凉，门前冷落，从无宾客往还。但是老将并未因此消沉颓废，他仍然想“誓令疏勒出飞泉”，像后汉名将耿恭那样，在匈奴疏勒城水源断绝后，与战士们同甘共苦，终于又得泉水却敌立功；而决不像前汉颍川人灌夫那样，解除军职之后，使酒骂座，发泄怨气。最末十句为第三段，是写边烽未熄，老将时时怀着请缨杀敌的爱国衷肠。为老将再次表明态度：“莫嫌旧日云中守，犹堪一战立功勋”，借用魏尚的故事，表明只要朝廷肯任用老将，他一定能杀敌立功，报效祖国。诗从不同的角度和方面，刻画出一位“老将”的艺术形象，增加了作品的容量，完满地表达了作品的主题。

桃源行　王　维

渔舟逐水[1]爱山春，两岸桃花夹古津[2]。坐[3]看红树不知远，行尽青溪不见人。山口潜行始隈[4]隩，山开旷望旋平陆[5]。遥看一处攒云树[6]，近入千家散花竹。樵客[7]初传汉姓名，居人未改秦衣服。居人共住武陵源[8]，还从物外起田园[9]。月明松下房栊[10]静，日出云中鸡犬喧[11]。惊闻俗客[12]争来集，竞引还家问都邑[13]。平明闾巷扫花开[14]，薄暮[15]渔樵乘水入。初因避地去人间，及至成仙遂不还。峡里谁知有人事，世中遥望空云山。不疑灵境难闻见，尘心未尽思乡县[16]。出洞无论隔山水，辞家终拟长游衍[17]。自谓经过旧不迷，安知峰壑[18]今来变。当时只记入山深，青溪几度到云林。春来遍是桃花水[19]，不辨仙源何处寻。

注释 Zhushi

❶ 逐水：顺着溪水。

❷ 古津：古渡口。

❸ 坐：因为。

❹ 隈：山、水弯曲的地方。

❺ 旷望：指视野开阔。旋：不久。

❻ 攒云树：云树相连。攒，聚集。

❼ 樵客：原本指打柴人，这里指渔人。

❽ 武陵源：指桃花源，相传在今湖南桃源县（晋代属武陵郡）西南。

⑨ 物外：世外。

⑩ 房栊：房屋的窗户。

⑪ 喧：叫声嘈杂。

⑫ 俗客：指误入桃花源的渔人。

⑬ 引：领。都邑：指桃源人原来的家乡。

⑭ 平明：天刚亮。闾巷：街巷。开：指开门。

⑮ 薄暮：傍晚。

⑯ 尘心：普通人的感情。乡县：家乡。

⑰ 游衍：流连不去。

⑱ 峰壑：山峰峡谷。

⑲ 桃花水：春水。桃花开时，河流涨溢，所以说“遍是桃花水”。

译文 Yiwen

渔舟顺溪而下，追寻那美妙的春景，夹岸桃花映红了古渡口两旁。花树缤纷，忘记了路程远近；行到青溪尽处，忽然隐约似见人烟。走入了幽深曲折的山口，再往前，豁然开朗一片平川。远望去，丛丛绿树有如云霞聚集，进村见，户户门前翠竹鲜花掩映。第一次才听说汉以后的朝代，村民穿戴的还是秦代衣装。他们世代聚居在武陵源，在这里共建了世外田园。明月朗照，松下房栊寂静；旭日升起，村中鸡犬声响起。村人惊讶地把外客迎接，争相邀请，询问那世上的消息。清晨的街巷，家家打扫花径，傍晚的溪边，渔樵乘船回村。当初因避乱世逃出尘寰，寻到这桃源仙境便不归还。从此隐居峡谷，再不管外间变化；世人求访异境，不过是空望云山。渔人不怀疑这是难得的仙境，但凡心未尽只把家园挂牵；出洞后他不顾隔山隔水，又决定辞家来此仙源。自认为来过的地方不会迷路，怎知道眼前的峰壑全然改变。当时曾记得山径幽深，沿青溪几回弯曲才到桃林。此日又逢春天，依然遍地桃花水；仙源何处，已杳杳难寻，不辨道路！

赏析 Shangxi

这是王维十九岁时写的一首七言乐府诗，题材取自陶渊明的叙事散文《桃花源记》。王维这首《桃源行》，正是由于成功地进行了这种艺术上的再创造，因而具有独立的艺术价值，得以与散文《桃花源记》并世流传。诗一开始，就展现了一幅“渔舟逐水”的生动画面：远山近水，红树青溪，一叶渔舟，在夹岸的桃花林中悠悠行进。在画面与画面之间，诗人巧妙地用一些概括性、过渡性的描述，来牵引联结，并提供线索，引导着读者的想象，循着情节的发展向前推进。它通过概括描述，使读者想象到渔人弃舟登岸、进入幽曲的山口蹑足潜行，到眼前豁然开朗、发现桃源的经过。读者的想象便跟着进入了桃源，被自然地引向下一幅画面。这时，桃源的全景呈现在人们面前了：远处高大的树木像是攒聚在蓝天白云里，近处满眼则是遍生于千家的繁花、茂竹。这两句，由远及近，云、树、花、竹，相映成趣，美不胜收。让读者驰骋想象，去领悟、去意会。接着，读者又可以想象到，渔人一步步进入这幅图画，开始见到了其中的人物。“樵客初传汉姓名，居人未改秦衣服。”写出了桃源中人发现外来客的惊奇和渔人乍见感到居人服饰上的明显不同，函括了散文中“不知有汉，无论魏晋”的意思。中间十二句，是全诗的主要部分，连续展现了桃源中一幅幅景物画面和生活画面。把人们的神色动态和感情心理刻画得活灵活现，表现出桃源中人淳朴、热情的性格和对故土的关心。最后一层，诗的节奏加快。作者紧紧扣住人物的心理活动，将渔人离开桃源、怀念桃源、再寻桃源以及峰壑变幻、遍寻不得、怅惘无限这许多内容，一口气抒写下来，情、景、事在这里完全融合在一起了。最后四句，作为全诗的尾声，与开头遥相照应。开头是无意迷路而偶从迷中得之，结尾则是有意不迷而反从迷中失之，令读者感慨不已。给人留下了无穷的回味。

竹里馆[1]

王 维

独坐幽篁[2]里，弹琴复长啸[3]。深林[4]人不知，明月来相照。

注 释 Zhushi

❶ 此诗选自《辋川集》二十首中的第十七首。竹里馆：辋川别墅胜景之一。

❷ 幽篁（huáng）：幽静的竹林。

❸ 啸：嘬口发出长而清脆的声音。

❹ 深林：指“幽篁”。

译文 Yiwen

独自坐在幽静的竹林里，一边抚琴一边长啸。深林中没有人与我作伴，只有明月来相照。

赏析 Shangxi

这是一首写隐者的闲适生活情趣的诗，描绘了诗人月下独坐、弹琴长啸的悠闲生活。它表现了一种清静安详的境界。试想在一片幽独的山野间，竹韵、琴音、啸声融为一体，体现出诗人高雅闲淡、超凡脱俗的气质。诗中写到景物，只用六个字组成三个词，就是：“幽篁”、“深林”、“明月”。诗中写人物活动，也只用六个字组成三个词，就是：“独坐”、“弹琴”、“长啸”。表面看来，四句诗的用字造语都是平平无奇的。但四句诗合起来，却妙谛自成，境界自出，蕴含着一种特殊的艺术魅力。正如黄书灿评本诗：“妙绝天成，不涉色相——色籁俱清，读之肺腑若洗。”

渭城曲❶

王　维

渭城朝雨浥轻尘❷，客舍青青柳色新❸。劝君更尽

一杯酒，西出阳关④无故人。

注释 Zhushi

❶ 渭城曲：另题作《送元二使安西》，或名《阳关曲》或《阳关三叠》。

❷ 渭城：今陕西省西安市西北，即秦代咸阳古城。浥(yì)：润湿。

❸ 客舍：旅馆。柳色：柳树象征离别。

❹ 阳关：今甘肃省敦煌西南，古代赴西北边疆的要道。

译文 Yiwen

渭城早晨一场春雨沾湿了轻尘，客舍周围青青的柳树格外清新。老朋友请你再干了这一杯饯别酒吧，出了阳关西路就再也没有知交故友了。

赏析 Shangxi

前两句写送别的时间，地点，环境气氛，为送别创造了一个愁郁的氛围。清晨，渭城客舍，自东向西一直延伸、不见尽头的驿道，客舍周围、驿道两旁的柳树。这一切读来风光如画，抒情气氛浓郁。三、四两句写惜别，要深切理解这临行劝酒中蕴含的深情，就不能不涉及“西出阳关”。当时阳关以西还是穷荒绝域，风物与内地大不相同。朋友“西出阳关”，虽是壮举，却又会经历万里长途的跋涉，备尝独行穷荒的艰辛寂寞。因此，这临行之际“劝君更尽一杯酒”，就像是浸透了诗人全部丰富深挚情谊的一杯浓郁的感情琼浆。这里面，不仅有依依惜别的情谊，而且包含着对远行者处境、心情的深情体贴，包含着前路珍重的殷勤祝愿。

辋川闲居赠裴秀才迪[1]

王　维

寒山转苍翠[2]，秋水日潺湲[3]。倚杖柴门外，临风听暮蝉[4]。渡头[5]余落日，墟里上孤烟[6]。复值接舆醉[7]，狂歌五柳[8]前。

注释 Zhushi

① 辋川：在今陕西省蓝田县南终南山下。王维在那里住了三十多年，直至晚年。裴迪：诗人，王维的好友。

② 转苍翠：一作“积苍翠”。转，转为，变为。苍翠，青绿色。

③ 潺湲（chán yuán）：水流声。这里指水流缓慢的样子。

④ 听暮蝉：聆听秋后的蝉儿的鸣叫。

⑤ 渡头：渡口。

⑥ 墟里：村落。孤烟：直升的炊烟。

⑦ 值：遇到。接舆：春秋楚隐士，装狂遁世。在这里是代指裴迪。
⑧ 五柳：即五柳先生陶渊明。这是诗人自比。

译 文 Yiwen

秋天的山略显寒意但也愈加显得郁郁葱葱，小河也开始缓缓流淌。我拄杖倚在我家柴屋门前，和着风的方向听着日暮时分蝉的鸣叫。夕阳的余晖洒在那渡头上，一缕炊烟从村里的烟囱中冒出。又碰上裴迪喝醉了酒，在恰如陶渊明的我面前大发酒狂。

赏 析 Shangxi

这首诗所要极力表现的是辋川的秋景。诗人选择富有季节和时间特征的景物：苍翠的寒山、潺潺的秋水、渡口的夕阳，墟里的炊烟，有声有色，动静结合，勾勒出一幅和谐幽静而又富有生机的田园山水画。诗的第二句和第四句写诗人与裴迪的闲居之乐。倚杖柴门，临风听蝉，把诗人安逸的神态，超然物外的情致，写得栩栩如生；醉酒狂歌，则把裴迪的狂士风度表现得淋漓尽致。全诗物我一体，情景交融，诗中有画，画中有诗。形成物我一体、情景交融的艺术境界，抒写诗人的闲居之乐和对友人的真切情谊。

山居秋暝[1]

王 维

空山新雨后[2]，天气晚来秋。明月松间照，清泉石上流。竹喧归浣女[3]，莲动下渔舟。随意春芳歇[4]，王孙自可留[5]。

注释 Zhushi

❶ 暝（míng）：日落，天色将晚。

❷ 空山：空旷，空寂的山野。新：刚刚。

❸ 竹喧：竹林中笑语喧哗。喧：喧哗，这里指竹叶发出沙沙声响。浣（huàn）女：洗衣服的姑娘。

❹ 随意：任凭。春芳：春天的花草。歇：消散，消失。

❺ 王孙：原指贵族子弟，后来也泛指隐居的人。留：居。

译文 Yiwen

空旷的群山沐浴了一场新雨，夜晚降临使人感到已是初秋。皎皎明月从松隙间洒下清光，清清泉水在山石上淙淙淌流。竹林喧响，知道是洗衣姑娘归来，莲叶轻摇，像是从上游荡下轻舟。春日的芳菲不妨随它消歇，秋天的山中王孙自可以久留。

赏析 Shangxi

这首诗为山水名篇，于诗情画意之中寄托着诗人高洁的情怀和对理想境界的追求。“空山新雨后，天气晚来秋。”山雨初霁，万物为之一新，又是初秋的傍晚，空气之清新，景色之美妙，可以想见。“明月松间照，清泉石上流。”天色已暝，却有皓月当空；群芳已谢，却有青松如盖。山泉清冽，淙淙流泻于山石之上，有如一条洁白无瑕的素练，在月光下闪闪发光，生动表现了幽清明净的自然美。“竹喧归浣女，莲动下渔舟。”在这青松明月之下，在这翠竹青莲之中，生活着这样无忧无虑、勤劳善良的人们。这纯洁美好的生活图景，反映了诗人对过安静纯

朴生活的理想，同时也从反面衬托出他对污浊官场的厌恶。诗人在那貌似“空山”之中又找到了一个称心的世外桃源，所以就情不自禁地说：“随意春芳歇，王孙自可留！”诗人的体会觉得“山中”比“朝中”好，洁净纯朴，可以远离官场而洁身自好，所以就决然归隐了。这首诗是以自然美来表现诗人的人格美和一种理想中的社会之美。表面看来，这首诗只是用“赋”的方法模山范水，对景物作细致感人的刻画，实际上通篇都是比兴。诗人通过对山水的描绘寄慨言志，含蕴丰富。主旨为诗人寄情于山水，追求心灵宁静和高洁人格的志向。

下终南山过斛斯山人宿置酒[1]

李　白

暮从碧山下[2]，山月随人归。却顾所来径[3]，苍苍横翠微[4]。相携及田家[5]，童稚开荆扉[6]。绿竹入幽径，青萝拂行衣[7]。欢言得所憩，美酒聊共挥[8]。长歌吟松风[9]，曲尽河星稀[10]。我醉君复乐，陶然[11]共忘机。

注释 Zhushi

❶ 终南山：即秦岭，在今西安市南。过：拜访。斛（hú）斯山人：复姓斛斯的一位隐士。

❷ 碧山：指终南山。下：下山。

❸ 却顾：回头望。所来径：下山的小路。

❹ 苍苍：苍翠、苍茫。"苍苍"叠用是强调群山在暮色中的那种苍茫貌。翠微：青翠的山坡。

❺ 相携：下山时路遇斛斯山人，携手同去其家。及：到。田家：田野山村人家，此指斛斯山人家。

❻ 荆扉：荆条编扎的柴门。

❼ 青萝：攀缠在树枝上下垂的藤蔓。行衣：行人的衣服。

❽ 挥：举杯。

❾ 松风：古乐府琴曲名，此处指歌声随风而入松林的意思。

❿ 河星稀：银河中的星光稀微，意谓夜已深了。

⓫ 陶然：欢乐的样子。忘机：忘记世俗的机心。

译　文 Yiwen

傍晚从终南山上走下来，山月好像随着行人而归。回望来时走的山间小路，山林苍苍茫茫一片青翠。遇斛斯山人相携到他家，孩童出来急忙打开柴门。走进竹林穿过幽静小路，青萝枝叶拂着行人衣裳。欢言笑谈得到放松休息，畅饮美酒宾主频频举杯。放声高歌风入松的曲调，歌罢银河星星已经很稀。我喝醉酒主人非常高兴，欢乐中忘了世俗的机心。

赏　析 Shangxi

李白这首田园诗，风格平淡爽直。全诗以叙述题写成。诗以"暮"开首，为"宿"开拓。相携欢言，置酒共挥，长歌风松，赏心乐事，陶然忘机。这些都是作者真情实感的流溢。此诗以田家、饮酒为题材，很受陶潜田园诗的影响。诗着意渲染"绿竹入幽径，青萝拂行衣。欢言得所憩，美酒聊共挥"，会觉得色彩鲜明，神情飞扬。从诗的内容看，诗人是在月夜到长安南面的终南山去造访一位姓斛斯的隐士。首句"暮从碧山下"，"暮"字挑起了第二句的"山月"和第四句的"苍苍"，"下"字挑起了第二句的"随人归"和第三句的"却顾"，"碧"字又逗出第四句的"翠微"。平平常常五个字，却无一字虚设。"山月随人归"，把月

写得脉脉有情。月尚如此，人则可知。第三句“却顾所来径”，写出诗人对终南山的余情。情中有景，旖旎山色，使诗人迷恋不已。第四句又是正面描写。“翠微”指青翠掩映的山林幽深处。“苍苍”两字起加倍渲染的作用。此句描绘出暮色苍苍中的山林美景。这四句，神色俱佳。诗人漫步山径遇到了斛斯山人，于是“相携及田家”，“童稚开荆扉”连孩子们也开柴门来迎客了。进门后，“绿竹入幽径，青萝拂行衣”，写出了田家庭园的恬静，流露出诗人的称羡之情。“欢言得所憩，美酒聊共挥”，“得所憩”不仅是赞美山人的庭园居室，也为遇知己而高兴。“挥”字写出了李白畅怀豪饮的神情。“长歌吟松风，曲尽河星稀”句中青松与青天，仍处处绾带上文的一片苍翠。至于河星既稀，月色自淡，这就不在话下了。最后，从美酒共挥，转到“我醉君复乐，陶然共忘机”，写出酒后的风味，陶陶然把人世的机巧之心，一扫而空，显得淡泊而恬远。使人觉得李白挥洒长歌仍有一股英气，与陶潜异趣。可以看到两位诗人风格的不同。

作者简介 Zuozhe Jianjie

【李白】

李白（701—762），字太白，号青莲居士。是屈原之后最具个性特色、最伟大的浪漫主义诗人。有“诗仙”之美誉，与杜甫并称“李杜”。其诗以抒情为主，表现出蔑视权贵的傲岸精神，对人民疾苦表示同情，又善于描绘自然景色，表达对祖国山河的热爱。诗风雄奇豪放，想象丰富，语言流转自然，音律和谐多变，善于从民间文艺和神话传说中吸取营养和素材，构成其特有的瑰玮绚烂的色彩，达到盛唐诗歌艺术的巅峰。存世诗文千余篇。

关山月[1]

李　白

明月出天山[2]，苍茫云海间。长风几万里，吹度玉门关[3]。汉下白登道，胡窥青海湾[4]。由来征战地，不见有人还。戍客[5]望边色，思归多苦颜。高楼[6]当此夜，叹息未应闲。

注释 Zhushi

❶ 关山月：古乐府诗题，多抒离别哀伤之情。

❷ 天山：指祁连山，位于今青海、甘肃两省交界。

❸ 玉门关：在今甘肃敦煌西，古代通向西域的交通要道。

❹ 白登：白登山，在今大同东北。匈奴曾围困刘邦于此。胡：此指吐蕃。窥：有所企图。

❺ 戍客：驻守边疆的战士。

❻ 高楼：古诗中多以高楼指闺阁，这里指戍边兵士的妻子。

译文 Yiwen

巍巍天山，苍茫云海，一轮明月倾泻银光一片。浩荡长风，掠过几万里关山，来到戍边将士驻守的边关。汉高祖出兵白登山征战匈奴，吐蕃觊觎青海大

片河山。这些历代征战之地，很少看见有人庆幸生还。戍边兵士仰望边城，思归家乡愁眉苦颜。当此皓月之夜，高楼上望月怀夫的妻子，同样也在频频哀叹，远方的亲人啊，你几时能卸甲归来？

赏 析 Shangxi

李白的这首诗，在内容上继承了古乐府，开头四句，可以说是一幅包含着关、山、月三种因素在内的辽阔的边塞图景。诗人把似乎是在人们印象中只有大海上空才更常见的云月苍茫的景象，与雄浑磅礴的天山组合到一起，显得新鲜而壮观。接下去“长风几万里，吹度玉门关”，范围比前两句更为广阔。士卒们身在西北边疆，月光下伫立遥望故园时，但觉长风浩浩，似掠过几万里中原国土，横度玉门关而来。这样，连同上面的描写，便以长风、明月、天山、玉门关为特征，构成一幅万里边塞图。表面上似乎只是写了自然景象，但只要设身处地就能体会这是征人东望所见，那种怀念乡土的情绪就很容易感觉到了。“汉下白登道，胡窥青海湾。由来征战地，不见有人还。”这是叠印出征战的景象。汉高祖刘邦领兵征匈奴，曾被匈奴在白登山（今山西大同市西）围困了七天。而青海湾一带，则是唐军与吐蕃连年征战之地。“戍客望边色，思归多苦颜。高楼当此夜，叹息未应闲。”战士们望着边地的景象，思念家乡，脸上多现出愁苦的颜色，他们推想自家高楼上的妻子，在此苍茫月夜，叹息之声当是不会停止的。“望边色”三个字把以上那幅万里边塞图和征战的景象，跟“戍客”紧紧联系起来了。所见的景象如此，所思亦是广阔而渺远。战士们想象中的高楼思妇的情思和他们的叹息，在那样一个广阔背景的衬托下，也就显得格外深沉了。诗人放眼于古来边塞上的漫无休止的民族冲突，揭示了战争所造成的巨大牺牲和给无数征人及其家属所带来的痛苦，带着一种更为广远、沉静的思索，在这样的思索中，把眼前的思乡离别之情融合进去，从而展开更深远的意境。

庐山谣寄卢侍御虚舟[1]

李 白

我本楚狂人[2]，凤歌笑孔丘[3]。手持绿玉杖[4]，朝别黄鹤楼。五岳[5]寻仙不辞远，一生好入名山游。庐山秀出南斗[6]傍，屏风九叠[7]云锦张。影落明湖青黛光[8]，金阙[9]前开二峰长，银河[10]倒挂三石梁。香炉瀑布[11]遥相望，迥崖沓嶂凌苍苍[12]。翠影红霞映朝日，鸟飞不到吴天长[13]。登高壮观天地间，大江[14]茫茫去不还。黄云[15]万里动风色，白波九道流雪山[16]。好为庐山谣，兴因庐山发。闲窥石镜清我心[17]，谢公[18]行处苍苔没。早服[19]还丹无世情，琴心三叠[20]道初成。遥见仙人彩云里，手把芙蓉朝玉京[21]。先期汗漫九垓上[22]，愿接卢敖游太清[23]。

注 释 Zhushi

[1] 谣：一种诗体。卢侍御虚舟：卢虚舟，范阳（今北京大兴县）人，唐肃宗时曾任殿中侍御史，曾与李白同游庐山。

[2] 楚狂人：春秋时楚人陆通，字接舆，因不满楚昭王的政治，佯狂不仕，时人谓之“楚狂”。

[3] 凤歌笑孔丘：孔子适楚，陆通游其门而歌，劝孔不要做官，以免惹祸。

这里，李白以陆通自比，表现对政治的不满，而要像楚狂那样游览名山过隐居的生活。

❹ 绿玉杖：镶有绿玉的杖，传为仙人所用。

❺ 五岳：此处泛指中国名山。

❻ 南斗：星宿名，二十八宿中的斗宿。这里指秀丽的庐山之高，突兀而出。

❼ 屏风九叠：指庐山五老峰东的九叠屏，因山丸叠如屏而得名。

❽ 影落：指庐山倒映在明澈的鄱阳湖中。青黛：青黑色。

❾ 金阙：阙为皇宫门外的左右望楼，金阙指黄金的门楼，这里借指庐山的石门——庐山西南有铁船峰和天池山，二山对峙，形如石门。

❿ 银河：指瀑布。

⓫ 香炉：南香炉峰。瀑布：黄岩瀑布。

⓬ 迴崖沓（tà）嶂：曲折的山崖，重叠的山峰。凌：高出。苍苍：青色的天空。

⓭ 吴天：九江春秋时属吴国。整句诗的意思：连鸟也难以飞越高峻的庐山和它辽阔的天空。

⓮ 大江：长江。

⓯ 黄云：昏暗的云色。

⓰ 白波九道：九道河流。古书多说长江至九江附近分为九道。李白在此沿用旧说，并非实见九道河流。雪山：白色的浪花。

⓱ 石镜：诗中的石镜指庐山东面的“石镜”，平滑如镜，可见人影。清我心：清涤心中的污浊。

⓲ 谢公：谢灵运。

⓳ 服：服食。

⓴ 琴心三叠：道家修炼术语，一种心神宁静的境界。

㉑ 玉京：道教称元始天尊在天中心之上，名玉京山。

㉒ 先期：预先约好。汗漫：仙人名，一云造物者。九垓（gāi）：九天之外。

㉓ 卢敖：战国时燕国人，周游至蒙谷山，见一古怪之士迎风而舞。卢敖邀他同游，那人笑着说：“吾与汗漫期于九垓之外，不可久留。”遂纵身跳入云中。太清：太空。

译　文 *Yiwen*

我本是像那个接舆楚狂人，高声唱着凤歌去嘲笑孔丘。手里拿一根镶绿玉的棍杖，大清早辞别著名的黄鹤楼。攀登五岳寻仙道不畏路远，这一生就喜欢踏上名山游。秀美的庐山挺拔在南斗旁，九叠云屏像锦绣云霞铺张，湖光山影相互映照泛青光。金阙岩前双峰矗立入云端，三叠泉如银河倒挂三石梁。香炉峰瀑布与它遥遥相望，重崖叠嶂耸云霄莽莽苍苍。翠云红霞与朝阳相互辉映，鸟儿难飞越拥有辽阔天空的庐山。登高远望天地间壮观景象，大江悠悠东流去永不回还。天上万里黄云变动着风色，江流波涛九道如雪山奔淌。我喜欢为雄伟的庐山歌唱，这兴致因庐山风光而滋长。闲时观看石镜使心神清净，谢灵运足迹早被青苔掩藏。我要早服仙丹去掉尘世情，修炼三丹和积学道已初成。远远望见仙人正在彩云里，手里捧着芙蓉花朝拜玉京。早已约好神仙在九天会面，希望迎接你一同遨游太清。

赏　析 *Shangxi*

此诗为写景名篇。诗人以大手笔描绘了庐山雄奇壮丽的风光，可谓描写庐山的千古绝唱。“我本楚狂人，凤歌笑孔丘。”起句即用典，开宗明义表达胸襟。接着诗人写他离开武昌到庐山：“手持绿玉杖，朝别黄鹤楼。五岳寻仙不辞远，一生好入名山游。”诗人以充满神话传说的色彩表述他的行程：拿着仙人所用的嵌有绿玉的手杖，于晨曦中离开黄鹤楼。为什么到庐山来呢？是因为“好入名山游”。后两句诗，既可说是李白一生游踪的形象写照，同时也透露出诗人寻仙访道的隐逸之心。第二段诗人以浓墨重彩，正面描绘庐山和长江的雄奇风光。诗人用笔错综变化，迂回别致，层层写来，把山的瑰玮和秀丽，写得淋漓尽致，引人入胜。然后，诗人登高远眺，以如椽大笔，彩绘长江雄伟气势：“登高壮观天地间，大江茫茫去不还。黄云万里动风色，白波九道流雪山。”诗人豪情满怀，笔墨酣畅，将长江景色写得境界高远，气象万千。大自然之美激发了大诗人的无限诗情：“好为庐山谣，兴因庐山发。闲窥石镜清我心，谢公行处苍苔没。”诗人仿佛远远望见神仙在彩云里，手拿

着莲花飞向玉京。诗人多么向往这样自由自在的世界："先期汗漫九垓上，愿接卢敖游太清。"仿佛随仙人飘飘然凌空而去。全诗戛然而止，余韵悠然。此诗思想一面希望摆脱世情，追求神仙生活，一面又留恋现实，热爱人间风物。诗的感情豪迈开朗，磅礴着一种震撼山岳的气概。想象丰富，境界开阔，给人以雄奇的美感享受。

将进酒[1] 李　白

君不见[2]，黄河之水天上来，奔流到海不复回。君不见，高堂明镜悲白发，朝如青丝暮成雪[3]。人生得意须尽欢[4]，莫使金樽空对月。天生我材必有用，千金散尽还复来[5]。烹羊宰牛且为乐，会须一饮三百杯。岑夫子，丹丘生[6]，将进酒，杯莫停。与君[7]歌一曲，请君为我倾耳听[8]。钟鼓馔玉不足贵[9]，但愿长醉不复醒。古来圣贤皆寂寞，惟有饮者留其名。陈王昔时宴平乐，斗酒十千恣欢谑[10]。主人何为言少钱[11]，径须沽取对君酌[12]。五花马，千金裘[13]，呼儿将出换美酒，与尔同销万古愁[14]。

注　释 Zhushi

❶ 将进酒：属汉乐府旧题。将：愿，请。这首诗大约作于天宝十一年（752 年）。

❷ 君不见：你没有看见吗？是乐府体诗中提唱的常用语。君：你，此为泛指。

❸ 高堂：在高堂上，指父母。朝：早晨。青丝：黑发。此句意为在高堂上面对明镜，深沉悲叹那一头白发。

❹ 得意：适意高兴的时候。须：应当。尽欢：纵情欢乐。

❺ 千金：大量钱财。还复来：还会再来。

❻ 岑夫子：指岑勋。丹丘生：元丹丘。二人均为李白的好友。

❼ 与君：给你们，为你们。君，指岑、元二人。

❽ 倾耳听：一作“侧耳听”。倾耳：表示注意去听。

❾ 钟鼓：富贵人家宴会中奏乐使用的乐器。馔（zhuàn）玉：美好的食物。形容食物如玉一样精美。

❿ 陈王：指陈思王曹植。平乐：平乐观，宫殿名。在洛阳西门外，为汉代富豪显贵的娱乐场所。恣（zì）：放纵，无拘无束。谑（xuè）：玩笑 。

⓫ 言少钱：一作“言钱少”。

⓬ 径须：干脆，只管，尽管。沽：买或卖，这里指买。

⑬ 五花马：指名贵的马。千金裘：价值千金的皮衣。将出：拿去。

⑭ 尔：你们，指岑夫子和丹丘夫。销：同“消”。万古愁：无穷无尽的愁闷。

译　文 Yiwen

你难道看不见？那黄河之水从天上奔腾而来，波涛翻滚直奔东海，从不掉头返回。你难道看不见？那年迈的父母，对着明镜悲叹自己的白发，早晨的满头青丝，怎么才到傍晚就变成雪白一片。人生得意之时应当纵情欢乐，不要让这金杯无酒空对明月。每个人只要生下来就必有用处，黄金千两一挥而尽还能够再来。我们烹羊宰牛且作乐，一次痛饮三百杯也不为多！岑夫子和丹丘生啊！快喝吧！不要停下来。让我来为你们高歌一曲，请你们为我倾耳细听：整天吃山珍海味的豪华生活有何珍贵，只希望长驻醉乡而不愿清醒。自古以来圣贤无不是冷落寂寞的，只有那喝酒的人才能够留传美名。陈王曹植当年宴设平乐观你可知道，斗酒万千也豪饮宾主尽情欢乐。主人呀，你为何说钱不多？只管买酒来让我们一起痛饮。什么名贵的五花良马，昂贵的千金狐裘，且让令儿拿去换美酒来吧。让我们共同来消磨这无穷无尽的万古长愁！

赏　析 Shangxi

在这首诗里，李白“借题发挥”借酒浇愁，抒发自己的愤激情绪。这首诗非常形象地表现了李白桀骜不驯的性格：一方面对自己充满自信，孤高自傲；一方面在政治前途出现波折后，又流露出纵情享乐之情。全诗气势豪迈，感情奔放，语言流畅，具有很强的感染力。李白咏酒的诗篇极能表现他的个性，作者又正值“抱用世之才而不遇合”之际，于是满腔不合时宜借酒兴诗情，来了一次淋漓尽致的抒发。诗篇发端就是两组排比长句，如挟天风海雨向读者迎面扑来。“君不见黄河之水天上来，奔流到海不复回”，登高纵目，故借以起兴。紧接着，“君不见高堂明镜悲白发，朝如青丝暮成雪”，恰似一波未平、一波又起。悲叹人生短促，而不直言自伤，却说“高堂明镜悲白发”，将人生由青春至衰老的全过程说成“朝”“暮”之事，五、六两句便是一个逆转，由“悲”而翻作“欢”“乐”。从此直到“杯莫停”，诗情渐趋狂放。用乐观好强的口吻肯定人生，肯定自我：“天生我材必有用”，露出了深藏其内的一种怀才不遇而又渴望入世的积极的本质内容来。“千金散尽还复来！”这又是一个高度自信的惊人之句，能驱使金钱而不为金钱所使，真足令一切凡夫俗子们瞠目结舌。至此，狂放之情趋于高潮，诗的旋律加快。诗人那眼花耳热的醉态跃然纸上，恍然使人如闻其高声劝酒：“岑夫子，丹丘生，将进酒，杯莫停！”他还要“与君歌一曲，请君为我倾耳听”。以下八句就是诗中之歌了。显见诗人奔涌跌宕的感情激流。通观全篇，五音繁会，气象不凡。它笔酣墨饱，情极悲愤而作狂放，语极豪纵而又沉着。具有震古烁今的气势与力量。

怨情　李白

美人卷珠帘，深坐颦蛾眉[1]。但见泪痕湿，不知心恨谁。

注释 Zhushi

[1] 深坐：久久呆坐。颦蛾眉：皱眉。

译文 Yiwen

美人儿卷起珠帘，深坐在闺房中，紧蹙着弯弯细眉。只见她，泪痕打湿了双颊，却不知道她在怨恨着谁。

赏析 Shangxi

这是一首以闺怨为题材的诗作，本诗纯用白描，将一位深坐蹙眉的佳人哀婉凄恻的情态再现在人们眼前。着重于从“怨”字落笔，“怨”而坐待，“怨”而皱眉，“怨”而落泪，“怨”而生恨，层层深化主题。至于怨谁？恨谁？并未说破。作者留下了无限的空间，使诗作更加含蓄。

清平调[1]

李　白

云想衣裳花想容，春风拂槛露华浓[2]。若非群玉山[3]头见，会向瑶台[4]月下逢。

注释 Zhushi

❶ 清平调：题为乐府调名，实际上这组清平调是李白用七绝格律自创的。
❷ 槛：栏杆。华：花。
❸ 群玉山：神话传说中西王母所居的仙山。

④ 瑶台：传说在昆仑山，是西王母居住的宫殿。

译文 Yiwen

云霞是她的衣裳，花儿是她的颜容；春风吹拂栏杆，露珠润泽花色更浓。如此天姿国色，若不见于群玉山头，那一定只有在瑶台月下才能相逢！

赏析 Shangxi

这组诗一共写了三首，这是其中的第一首，最为出色，而最令人拍案叫绝的又是一开始的“云想衣裳花想容”，所有立意、构思都是从这一句实际逐渐展开的。句中两个“想”字，化实为虚，虚实结合，把唐玄宗此时最为得意的“名花”与“爱妃”非常巧妙地联系起来，所有这一切意思，包括对杨贵妃美貌的惊叹，对唐玄宗功德的称颂，以及对自己身逢盛事的庆幸，在诗文中绝对没有一个字的正面提及，却无一遗漏地、恰到好处地表达得淋漓尽致。

子夜吴歌[1]　李白

长安一片月[2]，万户捣衣声[3]。秋风吹不尽[4]，总是玉关情[5]。何日平胡虏[6]，良人罢远征[7]。

注 释 Zhushi

❶ 李白的《子夜吴歌》分咏四季，这是第三首《秋歌》。并由原来的五言四句扩展为五言六句。

❷ 一片月：一片皎洁的月光。

❸ 万户：千家万户。捣衣：洗衣时将衣服放在砧石上用棒槌击打。

❹ 吹不尽：吹不掉。

❺ 玉关：玉门关。这两句说飒飒秋风，驱散不了内心的愁思，而是更加勾起了对远方征人的怀念。

❻ 平胡虏：平定侵扰边境的敌人。

❼ 良人：指驻守边地的丈夫。罢：结束。

译 文 Yiwen

秋月皎洁照遍长安城，四处一片光明，家家户户传来捣衣的声音。砧声任凭秋风吹也吹不尽，声声总是牵系玉门关的亲人。什么时候才能把敌虏驱赶？丈夫就可以结束漫长征途。

赏析 Shangxi

全诗写征夫之妻秋夜怀思远征边陲的亲人，希望早日结束战争，丈夫免于离家去远征。字字渗透着真挚情意；虽没有高谈时局，却又不离时局。情调用意，都没有脱离边塞诗的风韵。秋风不息中寄托着对边关家人思念的深情。读来让人怦然心动。“长安一片月”是写景，同时又是紧扣题面，写出了秋天的季节特点。这明朗的月夜，长安城就沉浸在一片此起彼落的砧杵声中，而这种特殊的“秋声”，声声都是怀念玉关良人的深情。这里，秋月秋声与秋风织成浑成的境界，见境不见人，而人物却好像真的在，“何日平胡虏，良人罢远征”，景情有机融合，感慨自然生发。

宣州谢朓楼饯别校书叔云[1]

李　白

弃我去者，昨日之日不可留；乱我心者，今日之日多烦忧。长风[2]万里送秋雁，对此可以酣高楼[3]。蓬莱文章建安骨[4]，中间小谢又清发[5]。俱怀[6]逸兴壮思飞，欲上青天览[7]明月。抽刀断水水更流，举杯消愁愁更愁。人生在世不称意[8]，明朝散发弄扁舟[9]。

注释 Zhushi

[1] 宣州：今安徽宣城一带。谢朓楼：谢朓任宣城太守时所建。饯别：以

酒食送行。校（jiào）书：官名，即秘书省校书郎，掌管朝廷的图书整理工作。叔云：李白的叔叔李云。

❷ 长风：大风。

❸ 此：指上句的长风秋雁的景色。酣高楼：畅饮于高楼。

❹ 蓬莱：此指东汉时藏书之东观。蓬莱文章：借指李云的文章。建安骨：汉末建安年间，“三曹”和“七子”等作家所作之诗风骨遒上，后人称之为“建安风骨”。

❺ 小谢：指谢朓，南朝齐诗人。后人将他和谢灵运并举，称为大谢、小谢。这里用以自喻。清发：指清新秀发的诗风。发：秀发，诗文俊逸。

❻ 俱怀：两人都怀有。

❼ 览：通“揽”，摘取。

❽ 称意：称心如意。

❾ 明朝：明天。散发：不束冠，意谓不做官。这里是形容狂放不羁。闲适自在。弄扁（piān）舟：乘小舟归隐江湖。扁舟：小舟。

译文 Yiwen

弃我而去的昨天已不可挽留，扰乱我心绪的今天使我极为烦忧。万里长风吹送南归的鸿雁，面对此景，正可以登上高楼开怀畅饮。你的文章就像汉代文学作品一般刚健清新。而我的诗风，也像谢朓那样清新秀丽。我们都满怀豪情逸兴，飞跃的神思像要腾空而上高高的青天，去摘取那皎洁的明月。好像抽出宝刀去砍流水一样，水不但没有被斩断，反而流得更湍急了。我举起酒杯痛饮，本想借酒消去烦忧，结果反倒愁上加愁。人生在世竟然如此不称心如意，还不如明天就披散了头发，乘一只小舟在江湖之上自在地漂流罢了。

赏析 Shangxi

这首诗作于“安史之乱”前不久。李白怀着远大的政治理想来到长安，任职于翰林院。二年后，因被谗而离开朝廷，内心十分愤慨地重新开始了漫游生活到宣州，客居宣州不久，他的一位故人李云行至此，很快又要离开，李白陪他登谢朓楼，设宴送行。这是一首饯别抒怀诗。在

诗中，诗人感怀万端，既满怀豪情逸兴，又时时掩抑不住郁闷与不平，感情回复跌宕，一波三折，表达了自己豪迈情怀。此诗发端既不写楼，更不叙别，而是陡起壁立，直抒郁结。显示出诗人郁结之深、心绪之乱，以及一触即发的感情状态。三、四两句突作转折：而对着寥廓明净的秋空，遥望万里长风吹送鸿雁的壮美景色，不由得激起酣饮高楼的豪情逸兴。这两句在读者面前展现出一幅壮阔明朗的万里秋空画图，也展示出诗人豪迈阔大的胸襟。感到一种心、境契合的舒畅，“酣饮高楼”的豪情逸兴也就油然而生了。下两句承高楼饯别分写主客双方。正流露出对自己才能的自信。这两句自然地关合了题目中的谢朓楼和校书。七、八两句就“酣高楼”进一步渲染双方的意兴，说彼此都怀有豪情逸兴、雄心壮志，酒酣兴发，更是飘然欲飞，想登上青天揽取明月。这两句笔酣墨饱，淋漓尽致，把昂扬情绪推向最高潮，仿佛现实中一切黑暗污浊都已一扫而光，心头的一切烦忧都已丢到了九霄云外。“抽刀断水水更流，举杯消愁愁更愁。”这一落千丈的又一大转折，正是在这种情况下必然出现的。“人生在世不称意，明朝散发弄扁舟。”李白的进步理想与黑暗现实的矛盾，在当时历史条件下，是无法解决的，历史与他所代表的社会阶层都规定了他不可能找到更好的出路。全诗情感起伏涨落，韵味深长，一波三折，章法腾挪跌宕，语言明朗朴素，音调激越高昂，达到了豪放与自然和谐统一的境界。

行路难[1]　　李　白

金樽清酒斗十千[2]，玉盘珍羞直万钱。停杯投箸[3]

不能食，拔剑四顾心茫然。欲渡黄河冰塞川，将登太行雪满山[4]。闲来垂钓碧溪上，忽复乘舟梦日边[5]。行路难！行路难！多歧路，今安在[6]？长风破浪会有时，直挂云帆济沧海[7]。

注　释 Zhushi

❶ 行路难：诗题内容多写世路艰难和离别悲伤之意。

❷ 金樽：古代盛酒的器具，以金为饰。清酒：清醇的美酒。斗十千：一斗值十千钱（即万钱），形容酒美价高。

❸ 投箸：丢下筷子。箸：筷子。

❹ 塞：堵塞。太行：太行山，在现在山西、河南、河北三省交界处。

❺ 闲来垂钓碧溪上，忽复乘舟梦日边：这两句暗用典故：姜太公姜尚曾在渭水的磻溪上钓鱼，得遇周文王，助周灭商；伊尹曾梦见自己乘船从日月旁边经过，后被商汤聘请，助商灭夏。吕尚和伊尹都曾辅佐帝王建立不朽功业，诗人借此表明自己对从政仍有所期待。

❻ 多歧路，今安在：岔道这么多，如今身在何处？

❼ 长风破浪：比喻实现政治理想。云帆：高高的船帆。济：渡过。

译　文 Yiwen

金杯中的美酒一斗价高十千，玉盘里的佳肴则值万钱。但是我放下杯子，放下筷子，不能下咽，抽出宝剑，环顾四周，心中一片茫然。想渡过黄河，冰雪却冻封了河川；准备登上太行山，大雪又堆满了山。闲来垂钓向往有姜太公般的机遇，又想象是伊尹梦见自己乘船在日月旁边经过。行路难！行路难！岔路又多，如今的道路又在哪里？总会有一天，我能乘长风破万里浪，高挂着风帆渡过茫茫大海，到达理想彼岸。

赏　析 Shangxi

诗的前四句写朋友出于对李白的深厚友情，出于对这样一位天才被

弃置的惋惜，不惜金钱，设下盛宴为之饯行。诗人端起酒杯，却又把酒杯推开了；拿起筷子，却又把筷子放下了。他离开座席，拔下宝剑，举目四顾，心绪茫然，形象地显示了内心的苦闷抑郁，感情的激荡变化。接着两句紧承“心茫然”，正面写“行路难”。诗人用“冰塞川”、“雪满山”象征人生道路上的艰难险阻，具有比兴的意味。但是，李白并不是那种软弱的性格，从“拔剑四顾”开始，就表示着不甘消沉，而要继续追求。“闲来垂钓碧溪上，忽复乘舟梦日边。”诗人在心境茫然之中，忽然想到两位开始在政治上并不顺利，而最后终于大有作为的人物：一位是姜尚，八十岁在磻溪钓鱼，得遇文王；一位是伊尹，在受汤聘前曾梦见自己乘舟绕日月而过。想到这两位历史人物的经历，又给诗人增强了信心。“行路难，行路难，多歧路，今安在？”姜尚、伊尹的遇合，固然增加了对未来的信心，但当他的思路回到眼前现实中来的时候，又再一次感到人生道路的艰难。只觉前路崎岖，歧途甚多，要走的路，究竟在哪里呢？倔强而又自信的李白，决不愿在离筵上表现自己的气馁。他那种积极用世的强烈要求，终于使他再次摆脱了歧路彷徨的苦闷，唱出了充满信心与展望的强音：“长风破浪会有时，直挂云帆济沧海！”他相信尽管前路障碍重重，但仍将会有一天乘长风破万里浪，挂上云帆，横渡沧海，到达理想的彼岸。充分表现了作者一种积极的追求、乐观，自信和顽强地坚持理想的品格。

登金陵凤凰台

李　白

凤凰台上凤凰游，凤去台空江自流。吴宫[1]花草埋幽径，晋代衣冠成古丘❷。三山半落青天外❸，一水中分白鹭洲❹。总为浮云能蔽日❺，长安不见使人愁。

注释 Zhushi

❶ 吴宫：三国时孙吴曾于金陵建都筑宫。

❷ 晋代：指东晋，南渡后也建都于金陵。衣冠：指的是东晋文学家郭璞的衣冠冢。成古丘：晋明帝当年为郭璞修建的衣冠冢豪华一时，然而到了唐朝诗人来看的时候，已经成为一个丘壑了。

❸ 三山：山名。今三山街为其旧址。半落青天外：形容极远，看不大清楚。

❹ 一水：指秦淮河流经南京后，西入长江，被横截其间的白鹭洲分为二支。白鹭洲：古代长江中沙洲，在南京水西门外，因多聚白鹭而得名。

❺ 浮云蔽日：喻奸邪之障蔽贤良。比喻谗臣当道。

译文 Yiwen

凤凰台上曾经有凤凰鸟来这里游憩，而今凤凰鸟已经飞走了，只留下这座空台，伴着江水，仍径自东流不息。当年华丽的吴王宫殿及其中的千花百草，如今都已埋没在荒凉幽僻的小径中，晋代的达官显贵们，就算曾经有过辉煌的功业，如今也长眠于古坟里了，早已化为一抔黄土。我站在台上，看着远处的三山，依然耸立在青天之外，白鹭洲把秦淮河隔成两条水道。天上的浮云随风飘荡，有时把太阳遮住，使我看不见长安城，而不禁感到非常忧愁。

赏析 Shangxi

《登金陵凤凰台》是唐代律诗中脍炙人口的杰作。开头两句李白以凤凰台的传说起笔落墨，用以表达对时空变幻的感慨。“凤凰台上凤凰游，凤去台空江自流”，自然而然，明快畅顺；三、四句的“吴宫花草

埋幽径，晋代衣冠成古丘”，从“凤去台空”的变化时空入手，继续深入开掘其中的启示意义。李白敢于藐视封建秩序，打破传统偶像的精神束缚，以至于轻尧舜，笑孔丘，平交诸侯。所以，李白对这些帝王的消逝，除去引起一些感慨之外，没有丝毫惋惜。“三山半落青天外，二水中分白鹭洲”，接下二句表现出李白没有让自己的思想完全沉浸在对历史的凭吊当中，而把深邃的目光投向大自然的情怀。李白虽然具有超脱尘俗的理想愿望，但他的心却始终关切着现实政治与社会生活，于是当他对历史与自然进行亲切的光顾之后，又把自己的眼睛转向现实政治。他极目远眺，试图从六朝的帝都放眼到当时的权力中心，亦是自己的心之所向的首都长安。然而他的努力失败了，原因是“总为浮云能蔽日”，只好“长安不见使人愁”。于是，浮云悠悠，愁思无限，壮志难酬，哀怨如缕。既与题目遥相呼应，更把无限的情思涂抹到水天一色的大江、巍峨峥嵘的青山与澄澈无际的天空当中。

题破山寺后禅院　　常　建

清晨入古寺，初日照高林[1]。曲径通幽处[2]，禅房花木深[3]。山光悦鸟性[4]，潭影空人心[5]。万籁此俱寂[6]，惟闻钟磬音[7]。

注释 Zhushi

❶ 初日：初升的太阳。高林：高树之林。

❷ 曲径：竹林丛中的小路。通：通往，通向。幽处：幽静之处。

❸ 禅房：僧侣们的住所。花木深：指禅房深藏在花木丛中。

❹ 山光：山的景色。悦：用作动词，使……欢悦。

❺ 空人心：使人心中的杂念消除。空：形容词用作动词，使……空。

❻ 万籁：一切声音。寂：沉寂，听不到。

❼ 钟磬音：敲击钟磬所发出的声音。磬：佛教的打击乐器。

译文 Yiwen

清晨里，我步入这古老的山寺，初升的太阳，正照耀着山头的树林。一条小径，曲曲弯弯，向山寺深处延伸，路尽处，忽见花木深深，将禅房掩映。山头的光影，逗引得鸟儿欢欣，清清的潭水照见人影，使人心也如洗涤过一般清净。万物此时都没有动静，只有那佛寺报晓的钟声磬音，在山谷间回萦。

赏析 Shangxi

《题破山寺后禅院》是一首题壁诗。破山寺，在今江苏常熟市西北虞山上。这首诗紧紧围绕破山寺后禅房来写，描绘出了这特定境界中所独有的静趣。首联“清晨入古寺，初日照高林”，落笔勾勒出清晨时分后禅房四周的环境。早晨，初升的红日将金色的阳光洒向寺院，洒向虞山之中的林木，使寺院变得更加绚丽明亮，高耸入空的山林也变得更加翠绿葱茏，令人心旷神怡。“曲径通幽处，禅房花木深”，点出题中“后禅院”三字，描写出通向后禅院曲折幽深的小路和后禅院景色的幽静迷人。“山光悦鸟性，潭影空人心”，是从内心的感受来描绘后禅院的清静幽美。迷人的山光景色使小鸟儿怡然自啼，山光和白云在潭水中的倒影更是秀美无比，令近潭观水者忘却心中的一切杂念。这就更加衬托出其景之幽静佳绝。“万籁此俱寂，惟闻钟磬音”，是从听觉感受方面来表现

后禅院的幽静。万籁俱静，实难以名状，于是诗人采用以动显静的手法，以钟磬的清音袅袅来反衬山寺后禅房的幽静，以动映静，给人以静的感受，收到强烈艺术效果。

作者简介 Zuozhe Jianjie

【常建】

常建（708—765），唐代诗人，长安人，开元十五年（727）进士。天宝中为盱眙尉，后隐居鄂渚的西山。他的诗意境清迥，语言洗练自然，艺术造诣独特，以田园、山水为主要题材，风格接近王、孟一派，其诗作往往流露出“淡泊”襟怀。其实他对现实并未完全忘情，有所感慨，有所期望，也有所指责，这在占相当比重的边塞诗中尤为明显。

赠卫八处士

杜 甫

人生不相见，动如参与商[1]。今夕复何夕，共此灯烛光。少壮能几时，鬓发各已苍[2]。访旧半为鬼[3]，惊呼热中肠[4]。焉知二十载，重上君子堂。昔别君未婚，儿女忽成行[5]。怡然敬父执[6]，问我来何方。问答乃未已[7]，驱儿罗酒浆。夜雨剪春韭，新炊间黄粱[8]。主称会面难[9]，一举累[10]十觞。十觞亦不醉，感子故意长[11]。明日隔山岳[12]，世事两茫茫[13]。

注释 Zhushi

❶ 参（shēn）商：二星名。商星居于东方卯位（上午五点到七点），参星居于西方酉位（下午五点到七点），一出一没，永不相见，故以为比。动如，是说动不动就像。

❷ 苍：灰白色。

❸ 访旧半为鬼：意谓彼此打听故旧亲友，竟已死亡一半。

❹ 对“惊呼热中肠”有两种理解，一为：见到故友的惊呼，使人内心感到热乎乎的；二为：意外的死亡，使人惊呼怪叫以至心中感到火辣辣的难受。

❺ 成行（háng）：儿女众多。

❻ 父执：意即父亲的朋友。

❼ 乃未已：还未等说完。

❽ 新炊：是刚煮的新鲜饭。间（jiàn）：读去声，掺和的意思。黄粱：即黄米。

❾ 主：主人，即卫八。称：就是说的意思。

❿ 累：接连。

⓫ 故意长：老朋友的情谊深长。

⓬ 山岳：指西岳华山。这句是说明天便要分手。

⓭ 世事：包括社会和个人。两茫茫：是说明天分手后，命运如何，便彼此都不相知了。

译文 Yiwen

世间上的挚友真难得相见，好比此起彼落的参星与商星这两个星宿。今晚是什么日子如此幸运，竟然能与你挑灯共叙衷情？青春壮年实在是没有几时，不觉得你我各已鬓发苍苍。打听故友大半都已逝去了，听到你惊呼胸中热流回荡。真没想到阔别二十年之后，能有机会再次来登门拜访。当年握别时你还没有成亲，今日见到你儿女已经成行。他们和顺敬重父亲挚友，热情地问我来自哪个地方。三两句问答话还没有说完，你便叫他们张罗家常酒筵。雨夜割来的春韭嫩嫩长长，刚烧好黄粱米饭喷喷香。你说难得有这个机会见面，一举杯就

接连地喝了十杯。十几杯酒我也难得一醉，谢谢你对故友的情深意长。明朝你我又要被山岳阻隔，人情世事竟然都如此渺茫！

赏析 Shangxi

这首诗写久别的老友重逢话旧，家常情境，家常话语，娓娓写来，表现了乱离时代一般人所共有的“沧海桑田”和“别易会难”之感，同时又写得非常生动自然，开头四句说：人生动辄如参、商二星，此出彼没，不得相见；今夕又是何夕，咱们一同在这烛光下叙谈。这几句从离别说到聚首，亦悲亦喜，悲喜交集，把强烈的人生感慨带入了诗篇。诗人的慨叹，暗隐着对那个乱离时代的感受。久别重逢，彼此容颜的变化，自然最容易引起注意。别离时两人都还年轻，而此时俱已鬓发斑白了。“少壮能几时，鬓发各已苍”两句，对于世事、人生的迅速变化，表现出一片惋惜、惊悸的心情。接着互相询问亲朋故旧的下落，竟有一半已不在人间了，彼此都不禁失声惊呼难受。“焉知”二句承接上文，诗人故意用反问句式，含有意想不到彼此竟能活到今天的心情。其中既不无幸存的欣慰，又带着深深的伤痛。前十句主要是抒情。接下去，则转为叙事，而无处不关人世感慨。随着二十年岁月的过去，此番重来，眼前出现了儿女成行的景象。“怡然”以下四句，写出卫八的儿女彬彬有礼、亲切可爱的情态。诗人款款写来，毫端始终流露出一种真挚感人的情意。接着又写处士的热情款待：菜是冒着夜雨剪来的春韭，饭是新煮的掺有黄粱的香喷喷米饭。体现出老朋友间不拘形迹的淳朴友情。“主称”以下四句，叙主客畅饮的情形。一连就进了十大杯酒，这是主人内心不平静的表现。主人尚且如此，杜甫心情的激动，当然更不待言。“感子故意长”，概括地点出了今昔感受，总束上文。这样，对“今夕”的眷恋，自然要引起对明日离别的慨叹。末二句回应开头，暗示着明日之别，悲于昔日之别：昔日之别，今幸复会；明日之别，后会何年？低回深婉，耐人玩味。

作者简介 Zuozhe Jianjie

【杜甫】

杜甫（712—770），字子美，尝自称少陵野老。举进士不第，曾任检校工部员外郎，故世称杜工部。是唐代最伟大的现实主义诗人，宋以后被尊为“诗圣”，与李白并称“李杜”。其诗大胆揭露当时社会矛盾，对穷苦人民寄予深切同情，内容深刻。许多优秀作品，显示了唐代由盛转衰的历史过程，因被称为“诗史”。在艺术上，善于运用各种诗歌形式，尤长于律诗；风格多样，而以沉郁为主；语言精炼，具有高度的表达能力。存诗一千四百多首，有《杜工部集》传世。

佳人

杜　甫

绝代有佳人，幽居在空谷。自云良家女，零落依草木。关中昔丧乱，兄弟遭杀戮。官高何足论，不得收骨肉。世情恶衰歇，万事随转烛。夫婿轻薄儿，新人美如玉。合昏尚知时[1]，鸳鸯不独宿。但见新人笑，那闻旧人哭。在山泉水清，出山泉水浊。侍婢卖珠回，牵萝补茅屋。摘花不插发，采柏动盈掬。天寒翠袖薄，日暮倚修竹[2]。

注 释 Zhushi

❶ 合昏：即夜合花。

❷ 修竹：长竹，与诗中“翠袖”相映。

译 文 Yiwen

有一个美艳绝代的佳人，隐居在僻静的深山野谷。她说：我是良家的女子，零落漂泊才与草木依附。想当年长安丧乱的时候，兄弟遭到了残酷的杀戮。官高显赫又有什么用呢？不得收养我这至亲骨肉。世情本来就是厌恶衰落，万事像随风抖动的蜡烛。没想到夫婿是个轻薄儿，又娶了美颜如玉的新妇。合欢花朝舒昏合有时节，鸳鸯鸟雌雄交颈不独宿。朝朝暮暮只与新人调笑，哪管我这个旧人悲哭？在山的泉水清澈又透明，出山的泉水就要浑浊浊。变卖首饰的侍女刚回来，牵拉萝藤修补着破茅屋。摘来野花不爱插头打扮，采来的柏子满满一大掬。天气寒冷美人衣衫单薄，夕阳下她倚着长长青竹。

赏 析 Shangxi

这首诗是写一个在战乱时被遗弃女子的不幸遭遇。诗一开头，便引出这位幽居空谷的绝代佳人，接着以“自云”领起，由佳人诉说自己的身世遭遇。她说自己出身于高门府第，但生不逢时，赶上了社会动乱；兄弟虽官居高位，但惨死于乱军之中，连尸骨也无法收葬。在这人情世态随着权势转移而冷暖炎凉的社会里，命运对于不幸者格外冷酷。由于娘家人亡势去，轻薄的夫婿无情地抛弃了她，在她的痛哭声中与新人寻欢作乐去了。社会的、家庭的、个人的灾难纷至沓来，统统降临到这个弱女子头上。女主人公的长篇独白，边叙述，边议论，倾诉个人的不幸，慨叹世情的冷酷，言辞之中充溢着悲愤不平。尤其是“合昏尚知时，鸳鸯不独宿”的比喻，“但见新人笑，那闻旧人哭”的对照，使人想见她声泪俱下的痛苦神情。但是，女主人公没有被不幸压倒，没有向命运屈服，她吞下生活的苦果，独向深山而与草木为邻了。诗的最后六句，着力描写深谷幽居的凄凉景况。茅屋需补，翠袖称薄，卖珠饰以度日，采柏子而为食，见得佳人生活的清贫困窘；首不加饰，发不插花，天寒日暮之际，倚修竹而临风，表现她面容憔悴和内心的寂寞、哀怨。无论从物质从精神来说，佳人的境遇都是苦不堪言的。幸而尚有一个勤快的侍婢，出则变卖旧物，归则补屋采食，与主人相依为命，否则，那将是何等孤苦难耐啊！诗人在用“赋”的手法描写佳人孤苦生活的同时，也借助“比兴”赞美了她高洁自持的品格。在行文上采用了不同的人称。叙述佳人命运，是第一人称的倾诉，语气率直酣畅；赞美佳人品格，是第三人称的描述，笔调含蓄蕴藉。率直酣畅，所以感人肺腑，触发读者的共鸣；含蓄蕴藉，所以耐人寻味，给读者留下想象的余地。两者互相配合，使得女主人公的形象既充满悲剧色彩又富于崇高感。

春望　杜甫

国破山河在[1]，城春草木深[2]。感时花溅泪，恨别鸟惊心[3]。烽火连三月，家书抵万金[4]。白头搔更短[5]，浑欲不胜簪[6]。

注释 Zhushi

❶ 国：国都，即京城长安（今陕西西安）。破：被攻破。

❷ 深：茂盛；茂密。

❸ 感时花溅泪，恨别鸟惊心：两句互文，译为：花鸟本为娱人之物，但因感时恨别，却使诗人见了反而堕泪惊心。惊：使……惊动。感时：感伤时局。恨别：悔恨离别。

❹ 抵万金：家书可值几万两黄金，极言家信之难得。抵：值。

❺ 白头搔更短：白头发越抓越少了。白头：白头发。搔：抓，挠。

❻ 浑欲不胜簪：简直连簪子也插不上了。浑：简直。欲：将要；就要。不：禁不住。胜：能承受。

译 文 Yiwen

国都已被攻破，只有山河依旧存在，春天的长安城满目凄凉，到处草木丛生。繁花也伤感国事，忍不住涕泪四溅，亲人离散鸟鸣惊心，反增离恨。多个月来战火连续不断长久不息，家书珍贵足以抵得上万两黄金。愁白了头发越搔越稀少，少得连簪子都插不上了。

赏 析 Shangxi

忧乱伤时，是杜甫在“安史之乱”后的诗歌创作的一个重大主题。此诗即景伤春，以沉痛的笔调抒发胸中无限悲愤之情。将国仇与家恨融为一体来进行表现，写得字字血、声声泪，读之令人低徊欲绝。在杜甫同一时期、同一主题的众多诗作中，这一首是情最浓、意最深、格最高的现实主义绝唱之一。在短短四十字的篇章中奏出了沉郁悲壮的哀时之歌。诗作于肃宗至德二年（757 年）三月。全诗的抒写层次，可分为前后两个部分。前四句，写春望之景，睹物伤怀。首联二句，看似直陈，实则含有山河依旧而国事已非、草木茂密而人烟稀少的强烈暗示。颔联二句是古今传唱的伤时警句。这两句均省去一个动词，“花溅泪”与“鸟惊心”，意当为“看花溅泪”与“闻鸟惊心”方为完整。但眼下由于国破而家散，春花徒然增人伤感，春鸟更牵动离人之怀。这里高度概括而形象地写出了诗人胸中忧国与思家两股感情的回荡与交织。颈联二句，虽重在思家，然绝不忘时事，再次把国事与家事紧紧联在一起来咏叹."烽火"应上"国破"与"感时"，伤乱忧国之心一以贯之。"连三月"，是说战火延续，平乱无日，眼看整个春天就在忧伤中过去了"家书抵万金"一句，尤为家喻户晓的名句，它以夸张的比喻，控诉战乱给人民带来的家庭离散、亲人音讯隔绝的悲剧。由于准确生动地传达出战乱环境里的人之常情，所以获得千载读者的共鸣。末联自我描绘发白而短的愁苦之状，形象地突出了诗人浓重的忧患意识。

月　夜　杜甫

今夜鄜州❶月，闺中只独看❷。遥怜小儿女，未解忆长安❸。香雾云鬟湿，清辉玉臂寒❹。何时倚虚幌❺，双照❻泪痕干。

注释 Zhushi

❶ 鄜（fū）州：今陕西省富县。

❷ 闺中：内室。看，读平声。这两句设想妻子在鄜州独自对月怀人的情景。

❸ 怜：想。未解：尚不懂得。

❹ 香雾云鬟（huán）湿，清辉玉臂寒：写想象中妻独自久立，望月怀人的形象。香雾：雾本来没有香气，因为香气从涂有膏沐的云鬟中散发出来，所

以说“香雾”。云鬟：古代妇女的环形发饰。望月已久，雾深露重，故云鬟沾湿，玉臂生寒。

❺ 虚幌：透明的窗帷。

❻ 双照：与上面的"独看"对应，表示对未来团聚的期望。

译 文 Yiwen

今夜圆圆的秋月是多么皎洁美好，妻子却一个人在闺房中独自望月：希望相公快点回来！幼小的儿女却还不懂思念在长安的父亲，还不能理解母亲对月怀人的心情。夜露深重，你乌云似的头发被打湿了，月光如水，你如玉的臂膀可受寒？什么时候才能和你一起倚着窗帷，仰望明月，让月光照干我们彼此的泪痕呢？

赏 析 Shangxi

此诗题为《月夜》，作者看到的是长安月。前两联，“今夜鄜州月，闺中只独看。遥怜小儿女，未解忆长安。”透露出他和妻子有过“同看”鄜州月而共“忆长安”的往事。“安史之乱”以前，作者困处长安达十年之久，其中有一段时间，是与妻子在一起度过的。和妻子一同忍饥受寒，也一同观赏长安的明月，这自然就留下了深刻的记忆。当长安沦陷，一家人逃难到了羌村的时候，与妻子“同看”鄜州之月而共“忆长安”，已不胜其辛酸！第三联通过妻子独自看月的形象描写，进一步表现“忆长安”。雾湿云鬟，月寒玉臂。望月愈久而忆念愈深，甚至会担心她的丈夫是否还活着，而这又完全是作者想象中的情景。当想到妻子忧心忡忡，夜深不寐的时候，自己也不免伤心落泪。两地看月而各有泪痕，这就不能不激起结束这种痛苦生活的希望；于是以表现希望的诗句作结：“何时倚虚幌，双照泪痕干。”这首诗借看月而抒离情，抒写妻子对自己的思念，也写出自己对妻子的思念。

八阵图[1]　杜　甫

功盖三分国，名成八阵图。江流石不转[2]，遗恨失吞吴[3]。

注　释 Zhushi

❶ 八阵图：由八种阵势组成的图形，用来操练军队或作战。

❷ 石不转：指涨水时，八阵图的石块仍然不动。

❸ 失吞吴：以吞吴之举为失策。

译　文 Yiwen

三国鼎立，孔明的功勋极为卓著，他创制的八卦阵，更是名扬千古。任凭江流冲击，八阵图的石块却依然如故，千年遗恨，在于刘备失策伐吴。

赏　析 Shangxi

《八阵图》旨在赞颂诸葛亮辉煌的一生，崇敬之情溢于言表。“功盖三分国，名成八阵图”十个字，展现了诗人对诸葛亮的极端崇敬心情，是对孔明功绩的大力肯定，而孔明之心力也尽显于这十字。后两句惋惜诸葛亮不能阻止刘备对东吴用兵，导致鼎足之势失衡，遗恨千古。全诗

步步深入，跌宕有致，怀古述怀，议论抒情，浑然一体，给人一种“出师未捷身先死”“此恨绵绵无绝期”之感。

望　岳[1]

杜　甫

岱宗[2]夫如何？齐鲁[3]青未了。造化钟神秀[4]，阴阳割昏晓[5]。荡胸[6]生层云，决眦[7]入归鸟。会当凌绝顶[8]，一览众山小。

注　释 Zhushi

❶ 岳：高峻的大山，泰山称东岳，为五岳之长。

❷ 岱宗：泰山别称。岱：始。宗：长。

❸ 齐鲁：泰山之北为古齐地，之南为古鲁地。

❹ 造化：创造化育，指大自然。钟：萃集。神秀：秀美而有灵气。

❺ 阴阳：山北为阴，山南为阳。割：划分。昏晓：指山南山北明晦不同如昏晨。

❻ 荡胸：使心胸动荡。

❼ 决眦：眼眶裂开，指睁大眼睛极目远眺。

❽ 会当：终究要。凌：登临。

译　文 Yiwen

五岳之首泰山的景象怎么样？在齐鲁大地上，那青翠的山色没有尽头。大自然的偏爱，给了这儿神奇秀丽的景色，山南和山北的天色被分割为一明一暗两部分。层云升腾，心胸荡然，极力张大眼睛把飞鸟归山映入眼帘。终究要登上泰山的顶峰，那时俯瞰群山会是多么渺小！

赏析 Shangxi

这首诗是杜甫青年时代的作品，充满了诗人青年时的浪漫豪情。首句“岱宗夫如何？”写乍一望见泰山时，高兴得不知怎样形容才好的那种揣摩劲和惊叹仰慕之情，非常传神。接下来“齐鲁青未了”一句，是经过一番揣摩后得出的答案。别出心裁地写出自己的体验——在古代齐鲁两大国的国境外还能望见远远横亘在那里的泰山，以距离之远来烘托出泰山之高。“造化钟神秀，阴阳割昏晓”两句，写近望中所见泰山的神奇秀丽和巍峨高大的形象，是上句“青未了”的注脚。天色的一昏一晓判割于山的阴、阳面，所以说“割昏晓”。一个“割”字写出了高大的泰山，将山南山北的阳光割断，形成不同的景观，突出泰山遮天蔽日的形象。“荡胸生层云，决眦入归鸟”两句，是写细望。见山中云气层出不穷，故心胸亦为之荡漾；因长时间目不转睛地望着，故感到眼眶有似决裂。“归鸟”是投林还巢的鸟，其中蕴藏着诗人对祖国河山的热爱和对祖国山河的赞美之情。末句的“会当凌绝顶，一览众山小”两句，不仅写出了泰山的雄伟，也表现出诗人的心胸气魄，引起读者强烈的共鸣。写出了诗人从望岳产生了登岳的想法，从这两句富有启发性和象征意义的诗中，可以看到诗人杜甫不怕困难、敢于攀登

绝顶、俯视一切的雄心和气概。全文没有“望”，却句句写“望”。空间由远而近，首联远望，颔联近望，颈联凝望，尾联俯望。

登　高

杜　甫

风急天高猿啸哀[1]，渚清沙白鸟飞回[2]。无边落木萧萧[3]下，不尽长江滚滚来。万里悲秋常作客[4]，百年[5]多病独登台。艰难苦恨繁霜鬓[6]，潦倒新停[7]浊酒杯。

注　释 Zhushi

❶ 猿啸哀：指猿的叫声凄厉。

❷ 渚：水中的小块陆地。鸟飞回：鸟在急风中飞舞盘旋。回：回旋。

❸ 落木：指秋天飘落的树叶。萧萧：模拟草木飘落的声音。

❹ 万里：指远离故乡。常作客：长期漂泊他乡。

❺ 百年：犹言一生，这里借指晚年。

❻ 艰难：兼指国运和自身命运。苦恨：极其遗憾。繁霜鬓：增多了白发，如鬓边着霜雪。

❼ 潦倒：衰颓，失意。这里指衰老多病，志不得伸。新停：刚刚停止。

译　文 Yiwen

风急天高猿猴啼叫显得十分悲哀，水清沙白的河洲上有鸟儿在盘旋。无边无际的树木萧萧地飘下落叶，望不到头的长江水滚滚奔腾而来。悲对秋景感慨万里漂泊常年为客，一生当中疾病缠身，今日独上高台。历尽了艰难遗憾白发长满了双鬓，衰颓满心偏又暂停了浇愁的酒杯。

赏析 *Shangxi*

此诗是杜甫公元767年秋在夔州时所写，乃唐代七律中极佳之作。全诗通过登高所见秋江景色，倾诉了诗人长年漂泊、老病孤愁的复杂感情，慷慨激越、动人心弦。首联诗人围绕夔州的特定环境，用“风急”二字带动全联，一开头即成千古流传的佳句。诗人随之移动视线，由高处转向江水洲渚，在水清沙白的背景上，点缀着迎风飞翔、不住回旋的鸟群，真是一幅精美的画图。颔联集中表现了秋天的典型特征。诗人仰望茫无边际、萧萧而下的树叶，俯视奔流不息、滚滚而来的江水，在写景的同时，便深沉地抒发了自己的情怀。无形中传达出韶光易逝，壮志难酬的感怆。透过沉郁悲凉的对句，直到颈联，才点出一个“秋”字。“独登台”则表明诗人是在高处远眺，这就把眼前景和心中情紧密地联系在一起了。尾联分承五、六两句。诗人备尝艰难潦倒之苦，加上因病断酒，悲愁就更难排遣。本来兴会盎然地登高望远，此时却平白无故地惹恨添悲，诗人的矛盾心情是容易理解的，和开篇天地雄浑之境，形成惨烈的对比。

哀王孙

杜　甫

长安城头头白乌，夜飞延秋门[1]上呼。又向人家啄

大屋，屋底达官走避胡。金鞭断折九马死[2]，骨肉不得同驰驱。腰下宝玦[3]青珊瑚，可怜王孙泣路隅。问之不肯道姓名，但道困苦乞为奴。已经百日窜荆棘，身上无有完肌肤。高帝子孙[4]尽隆准，龙种自与常人殊。豺狼在邑龙在野[5]，王孙善保千金躯。不敢长语临交衢[6]，且为王孙立斯须[7]。昨夜东风吹血腥[8]，东来橐驼满旧都。朔方健儿好身手，昔何勇锐今何愚[9]。窃闻天子已传位[10]，圣德北服南单于。花门[11]剺面请雪耻，慎勿出口他人狙[12]。哀哉王孙慎勿疏，五陵佳气无时无[13]。

注释 Zhushi

❶ 延秋门：唐玄宗曾由此出逃。

❷ 金鞭断折：指唐玄宗以金鞭鞭马快跑而金鞭断折。九马：皇帝御马。

❸ 宝玦：玉佩。

❹ 高帝子孙：汉高祖刘邦的子孙。这里是以汉代唐。

❺ 豺狼在邑：指安禄山占据长安。邑：京城。龙在野：指唐玄宗奔逃至蜀地。

❻ 临交衢：靠近大路边。衢：大路。

❼ 斯须：一会儿。

❽ 东风吹血腥：指安史叛军到处屠杀。

❾ 朔方健儿好身手，昔何勇锐今何愚：指唐将哥舒翰守潼关的河陇、朔方军二十万，为安禄山叛军大败的事。

❿ 窃闻天子已传位：天宝十五载八月，玄宗在灵武传位于肃宗。

⓫ 花门：即回纥。剺（lí）面：匈奴风俗在宣誓仪式上割面流血，以表诚意。这里指回纥坚决表示出兵助唐王朝平定“安史之乱”。

⓬ 狙：伺察，窥伺。

⓭ 五陵：五帝陵。佳气：兴旺之气。无时无：时时存在。

译文 Yiwen

长安城头，伫立着一只白头乌鸦，夜暮了，还飞进延秋门上叫哇哇。这怪物，又向大官邸宅啄个不停，吓得达官们纷纷逃离了家。玄宗出奔，折断金鞭又累死九马，皇亲国戚，来不及和他一同驱驾。有个少年，腰间佩带玉玦和珊瑚，可怜啊，他在路旁哭得嗓子嘶哑。千问万问，总不肯说出自己姓名，只说生活困苦，求人收他做奴仆呀！已经有一百多天，逃窜荆棘丛下，身上无完肤，遍体是裂痕和伤疤。凡是高帝子孙，大都是鼻梁高直，龙种与布衣相比，自然来得高雅。豺狼在城称帝，龙种却流落荒野，王孙啊，你一定要珍重自己身体。在十字路口，不敢与你长时交谈，只能站立片刻，交待你重要的话。昨天夜里，东风吹来阵阵血腥味，长安东边，来了很多骆驼和车马。北方军队，一贯是交战的好身手，往日勇猛，如今何以就流水落花。私下听说，皇上已把皇位传太子，南单于派使拜服，圣德安定天下。他们个个割面，请求雪耻上前线，你要守口如瓶，以防暗探的缉拿。多可怜啊王孙，你万万不要疏忽，五陵之气葱郁，大唐中兴有望呀！

赏析 Shangxi

这首诗先追忆安史祸乱发生前的征兆；接着写玄宗委弃王孙、匆促出奔后，王孙流落的痛苦；最后密告王孙内外的形势，叮咛王孙自己珍重，等待河山光复。全诗写景写情，都是诗人所目睹耳闻，亲身感受，因而情真意切，荡人胸怀。诗歌叙事明净利索，语气真实亲切，写同情处见其神，写对话处见其情，写议论处见其真，写希望处见其切。作者在诗中极言王子王孙在战乱中颠沛流离，遭受种种苦楚，既寄予了深深的同情，又含蓄地规劝统治者应居安思危，不可一味贪图享乐，致使子孙也无法遮顾，可悲可叹。全诗词色古泽，气魄宏大。明人王嗣《杜臆》评价这首诗说："通篇哀痛顾惜，潦倒淋漓，似乱似整，断而复续，无一懈语，无一死字，真下笔有神。"

走马川行奉送封大夫出师西征❶

岑 参

君不见，走马川行雪海边，平沙莽莽黄入天。轮台❷九月风夜吼，一川碎石大如斗，随风满地石乱走。匈奴草黄马正肥，金山❸西见烟尘飞，汉家❹大将西出师。将军金甲夜不脱，半夜军行戈相拨❺，风头如刀面如割。马毛带雪汗气蒸，五花连钱❻旋作冰，幕中草檄❼砚水凝。虏骑闻之应胆慑，料知短兵❽不敢接，车师西门伫献捷❾。

注 释 Zhushi

❶ 走马川：即车尔成河，又名左未河，在今新疆境内。行：诗歌的一种体裁。

❷ 轮台：地名，在今新疆米泉境内。封常清军府驻在这里。

❸ 金山：指天山主峰。

❹ 汉家：唐代诗人多以汉代唐。

❺ 戈相拨：兵器互相撞击。

❻ 五花：即五花马。连钱：一种宝马名。

❼ 草檄：起草讨伐敌军的文告。

❽ 短兵：指刀剑一类武器。

⑨ 车师：为唐北庭都护府治所庭州，今新疆乌鲁木齐东北。伫：久立，此处作等待解。献捷：献上贺捷诗章。

译文 Yiwen

您难道不曾看见吗？那辽阔的走马川紧靠着雪海边缘，茫茫无边的黄沙连接云天。轮台九月整夜里狂风怒号，到处的碎石块块大如斗，狂风吹得斗大乱石满地走。这时匈奴牧草繁茂军马肥，侵入金山西面烟尘滚滚飞，汉家的大将率兵开始征西。将军身穿铠甲夜里也不脱，半夜行军戈矛彼此相碰撞，凛冽寒风吹到脸上如刀割。马毛挂着雪花还汗气蒸腾，五花马的身上转眼结成冰，营幕中写檄文砚墨也冻凝。敌军听到大军出征应胆惊，料他不敢与我们短兵相接，我就在车师西门等待报捷。

赏析 Shangxi

岑参诗的特点是意奇语奇，尤其是边塞之作，奇气益著。这首诗奇而壮，风沙的猛烈、人物的豪迈，都给人以雄浑壮美之感。为了表现边防将士高昂的爱国精神，诗人用了反衬手法，抓住边地特征的景物来写环境的艰险，极力渲染、夸张环境的恶劣，来突出人物不畏艰险的精神。诗中运用了比喻、夸张等手法写得惊心动魄，气势昂扬。首先落笔，描写出征的自然环境。开头三句无一“风”字，但捕捉住了风“色”，把风的猛烈写得历历在目。“轮台九月风夜吼，一川碎石大如斗，随风满地石乱走。”对风由暗写转入明写，行军由白日而入黑夜，三言两语就把环境的险恶生动地勾勒出来了。下面写匈奴利用草黄马肥的时机发动了进攻，“金山西见烟尘飞”，形容报警的烽烟同匈奴铁骑卷起的尘土一起飞扬，既表现了匈奴军旅的气势，也说明了唐军早有戒备。下面，诗由造境转而写人，抓住典型的环境和细节来描写唐军将士勇武无敌的飒爽英姿。“将军金甲夜不脱”，以夜不脱甲，写将军重任在肩。“半夜军行戈相拨”写夜晚一片漆黑，大军衔枚疾走、军容整肃严明的情景。“风头如刀面如割”，呼应前面风的描写；同时也是大漠行军最真

切的感受。“马毛带雪汗气蒸，五花连钱旋作冰。”战马在寒风中奔驰，那蒸腾的汗水，立刻在马毛上凝结成冰。诗人抓住了马身上那凝而又化、化而又凝的汗水进行细致的刻画，充分渲染了天气的严寒，环境的艰苦和临战的紧张气氛。“幕中草檄砚水凝”，军幕中起草檄文时，发现连砚水也冻结了。诗人巧妙地抓住细节表现出将士们斗风傲雪的战斗豪情。这就引出了最后三句，料想敌军闻风丧胆，预祝凯旋而归。行文节奏急促有力，情韵灵活流宕，有如音乐中的进行曲。

作者简介 Zuozhe Jianjie

【岑参】

岑参（715—770），唐代诗人。荆州江陵（今属湖北）人。出身官僚家庭，父亲早死，家道衰落。他自幼从兄受书，遍读经史。二十岁至长安，求仕不成，奔走京洛，北游河朔。三十岁举进士，授兵曹参军。天宝年间，两度出塞，居边塞六年。安史乱后回朝，由杜甫等推荐任右补阙，转起居舍人等职，官至嘉州（今四川乐山）刺史，世称岑嘉州。后罢官，客死成都旅舍。与高适并称“高岑”，同为盛唐边塞诗派的代表。其诗题材广泛，有《岑嘉州诗集》。

白雪歌送武判官[1]归京

岑参

北风卷地白草折，胡天[2]八月即飞雪。忽如一夜春风来，千树万树梨花开[3]。散入珠帘湿罗幕[4]，狐裘不暖锦衾薄⑤。将军角弓不得控⑥，都护铁衣冷难着⑦。瀚海阑干⑧百丈冰，愁云惨淡万里凝。中军⑨置酒饮归客，胡琴琵琶与羌笛⑩。纷纷暮雪下辕门，风掣红旗冻不翻⑪。轮台⑫东门送君去，去时雪满天山路。山回路转不见君，雪上空留马行处。

注释 Zhushi

① 武判官：名不详。判官，官职名。是节度使、观察使一类的僚属。

② 胡天：指塞北的天空。

③ 梨花：春天开放，花作白色。这里比喻雪花积在树枝上，像梨花开了一样。

④ 珠帘：用珍珠串成或饰有珍珠的帘子。形容帘子的华美。罗幕：用丝织品做成的帐幕。形容帐幕的华美。这句说雪花飞进珠帘，沾湿罗幕。“珠帘”“罗幕”都属于美化的说法。

⑤ 狐裘：狐皮袍子。锦衾薄：丝绸的被子因为寒冷都显得单薄了。

❻ 角弓：两端用兽角装饰的硬弓。控：拉开。

❼ 都（dū）护：镇守边镇的长官此为泛指，与上文的“将军”是互文。铁衣：铠甲。

❽ 瀚海：沙漠。这句说大沙漠里到处都结着很厚的冰。阑干：纵横交错的样子。

❾ 中军：称主将或指挥部。

❿ 胡琴琵琶与羌笛：胡琴等都是当时西域地区兄弟民族的乐器。这句说在饮酒时奏起了乐曲。

⓫ 风掣（chè）：红旗因雪而冻结，风都吹不动了。掣：拉，扯。冻不翻：旗被风往一个方向吹，给人以冻住之感。

⓬ 轮台：唐轮台在今新疆维吾尔自治区米泉县境内。

译　文 Yiwen

北风席卷大地把白草吹折，胡地天气八月就纷扬落雪。忽然间宛如一夜春风吹来，好像是千树万树梨花盛开。雪花散入珠帘打湿了罗幕，狐裘穿不暖锦被也嫌单薄。将军都护手冻得拉不开弓，铁甲冰冷得让人难以穿着。沙漠结冰百丈纵横有裂纹，万里长空凝聚着惨淡愁云。主帅帐中摆酒为归客饯行，胡琴琵琶羌笛合奏来助兴。傍晚辕门前大雪落个不停，红旗冻僵了风也无法牵引。轮台东门外欢送你回京去，你去时大雪盖满了天山路。山路迂回曲折已看不见你，雪上只留下一行马蹄印迹。

赏　析 Shangxi

此诗是一首咏雪送人之作。此诗开篇就奇突，未及白雪而先传风声，“北风卷地”四字，由风而见雪。北风一吹，大雪纷飞。诗人以“春风”使梨花盛开，比拟“北风”使雪花飞舞，新颖贴切。“千树万树梨花开”的壮美意境，颇富有浪漫色彩。以写雪景作了漂亮的开端后，诗笔从帐外写到帐内。“散入珠帘湿罗幕”一语承上启下，转换自然从容。“白雪”的影响侵入室内，边将居然拉不开角弓；“都护铁衣冷难着”表现边地将士苦寒生活，场景再次移到帐外，而且延伸向广远的沙漠和辽阔的天空：浩瀚的沙海，冰雪遍地；“瀚海阑干百丈冰，愁云惨淡万里凝”，二句以夸张笔墨，气势磅礴地勾出瑰奇壮丽的沙塞雪景，于是写到中军帐（主帅营帐）置酒饮别的情景。如果说以上主要是咏雪而渐有寄情，以下则正写送别而以白雪为背景。“胡琴琵琶与羌笛”句，这些边地之器乐，对于送者能触动乡愁，于送别之外别有一番滋味。送客送出军门，时已黄昏。又见大雪纷飞，这时看见一个奇异景象：尽管风刮得挺猛，辕门上的红旗却一动也不动，它已被冰雪冻结了。这一生动的细节再次传神地写出天气奇寒。那雪花乱飞的空中不动的物象，又衬得整个画面更加生动。送客送到路口，尽管依依不舍，毕竟是分手的时候了。诗人心想：大雪封山，路可怎么走啊！路转峰回，行人消失在雪地里，诗人还在深情地目送。画面上出现渐行渐远的马蹄印迹，使人为之低回不已。

月　夜　　刘方平

更深❶月色半人家，北斗❷阑干南斗斜。今夜偏❸知春气暖，虫声新透❹绿窗纱。

注释 Zhushi

❶ 更深：古时计算时间，一夜分成五更。更深，夜深了。月色半人家：月光照到人家庭院的一半。

❷ 北斗、南斗：星宿名。阑干：纵横交错的样子。

❸ 偏：偏偏，表示出乎意料。

❹ 新透：第一次透过。

译文 Yiwen

夜深了，月儿向西落下，院子里只有一半还映照在月光中；横斜的北斗星和倾斜的南斗星挂在天际，快要隐落了。就在这更深人静、夜寒袭人的时候，忽然感到了春天温暖的气息；你听，冬眠后小虫的叫声，第一次透过绿色纱窗传进了屋里。

赏析 Shangxi

《月夜》写得自然流畅，生趣横溢，洋溢着诗人对春天、对生命的赞颂。“虫声新透绿窗纱”一句，展现诗人捕捉物象的敏锐能独特的审美视角，特别是一个“透”字，写出了“感觉”，可谓传神。

诗中说“春气暖”自“今夜”始，表明对节候变化十分敏感，“偏知”一语洋溢着自得之情。写隔窗听到虫声，用“透”。给人以生机勃发的力度感。窗纱的绿色，夜晚是看不出的。这绿意来自诗人内心的盎然春意。至此，我们就可以明白：诗人之所以不描写作为春天表征的鲜明的外在景观。而是借助深夜景色气氛来烘托诗的意境，就是因为这诗得之于诗人的内心。诗人是以一颗纯净的心灵体察自然界的细微变化的。诗的前二句写景物，不着一丝春的色彩．却暗中关合春意，颇具蕴藉之致。第三句的“春气暖”。结句的“虫声”，“绿窗纱”互为映发。于是春意俱足。但这声与色，仍从“意”（感觉）中来。诗人并非唯从“虫声”才知道春气已暖，“春气暖”是诗人对“今夜”的细微感觉，而“虫声”只是与其感觉冥合的一个物候。因此，诗的意蕴是深厚的。构思的新颖别致，决定于感受的独特。

作者简介 Zuozhe Jianjie

【刘方平】

刘方平（758年前后在世），唐朝河南洛阳人。匈奴族。天宝前期曾应进士试，又欲从军，均未如意，从此隐居颍水、汝河之滨，终生未仕。与皇甫冉、元德秀、李颀、严武为诗友。工诗，善画山水。其诗多咏物写景之作，尤擅绝句善于寓情于景，意蕴无穷。其《月夜》《春怨》《新春》《秋夜泛舟》等都是历来为人传诵的名作。

枫桥夜泊[1]

张　继

月落乌啼霜满天，江枫[2]渔火对愁眠。姑苏城外寒山寺[3]，夜半钟声[4]到客船。

注 释 Zhushi

❶ 枫桥：在今苏州市阊门外。此诗题目也作《夜泊枫桥》。夜泊：夜间把船停靠在岸边。

❷ 江枫：寒山寺旁边的两座桥“江村桥”和“枫桥”的名称。

❸ 姑苏：苏州的别称。寒山寺：在枫桥附近，始建于南朝梁代，相传因唐代僧人寒山、拾得曾住此而得名。

❹ 夜半钟声：当时僧寺有半夜敲钟的习惯，也叫“无常钟”。

译 文 Yiwen

月已落下，乌鸦仍然在啼叫着，暮色朦胧漫天霜色。江边枫树与船上渔火，难抵我独自一人傍愁而眠。姑苏城外那寂寞清静的寒山古寺，半夜里敲响的钟声传到了我乘坐的客船里。

赏析 Shangxi

这首七绝，全诗以一愁字统起。前二句意象密集：落月、啼乌、满天霜、江枫、渔火、不眠人，造成一种意韵浓郁的审美情境。前二句既描写了秋夜江边之景，又表达了作者思乡之情。后两句意象疏宕：城、寺、船、钟声，是一种空灵旷远的意境。夜行无月，本难见物，而渔火醒目，霜寒可感；夜半乃阒寂之时，却闻乌啼钟鸣。如此明灭对照，无声与有声的衬托，使景皆为情中之景，声皆为意中之音，意境疏密错落，浑融幽远。诗人运思细密，用最具诗意的语言构造出一个清幽寂远的意境，景物的搭配与人物的心情达到了高度的默契与交融，成为后世典范的艺术境界。

作者简介 Zuozhe Jianjie

【张继】

张继（约715—约779），字懿孙，襄州人（今湖北襄阳人）。唐代诗人，据诸家记录，仅知他是天宝十二年（753）的进士。大历中，以检校祠部员外郎为洪州（今江西南昌市）盐铁判官。他的诗爽朗激越，不事雕琢，比兴幽深，事理双切，对后世颇有影响。他流传下来的诗不到五十首，最著名便是这首《枫桥夜泊》。

送崔九[1]

裴　迪

归山深浅去[2]，须尽丘壑美。莫学武陵人[3]，暂游

桃源里。

注 释 Zhushi

❶ 崔九：崔兴宗，曾与裴迪、王维共隐于南山。

❷ 深浅去：这里指随山势而行的意思。

❸ 武陵人：指陶潜《桃花源记》的武陵渔人。

译 文 Yiwen

你若要归山无论深浅都要去看看，须将那峰峰谷谷的美景尽情地赏玩。千万别学陶渊明笔下那个武陵人，游到了桃源，却又匆匆出山。

赏 析 Shangxi

“归山深浅去，须尽丘壑美。”这两句是说这次回到山里之后，不论入山深浅，都要饱览山川之秀丽，林木之幽美。把对山水的感情升华到一种与世俗生活相对立的高度。“莫学武陵人，暂游桃源里。”这两句表示在山水间找到了生活的真趣，就不要再从那个境界里返回到现实中来了。这一方面表达了作者对隐居生活的肯定，另一方面也表达了对现实的不满。作者为什么要留恋那个“不知有汉，无论魏晋”的世外桃源呢？这是由于他在现实中屡屡失败，一方面产生了对现实生活的反感，另一方面也更深刻地认识了现实生活。所以他宁愿隐居山林，过一种与世隔绝的生活。因此作者劝他的朋友，既然在山水之间找到了真趣，找到了自己思想感情的寄托，就不要像陶渊明《桃花源记》里的武陵人一样，找到了桃花源却轻易地放弃了。作者认为这是一个错误，因此他说：“莫学武陵人，暂游桃源里。”这首诗语言浅显易懂，但立意很深。

作者简介 Zuozhe Jianjie

【裴迪】

裴迪（716—?），唐代诗人，河东（今山西）人，官蜀州刺史及尚书省郎。其一生以诗文见称，是盛唐著名的山水田园诗人之一。与大诗人王维、杜甫关系密切。早年与“诗佛”王维过从甚密，晚年居辋川、终南山，两人来往更为频繁，故其诗多是与王维的唱和应酬之作。受王维的影响，裴迪的诗大多为五绝，描写的也常是幽寂的景色，大抵和王维山水诗相近。

弹琴

刘长卿

泠泠七弦上[1]，静听松风寒[2]。古调虽自爱，今人多不弹。

注释 Zhushi

❶ 泠泠：清亮之音。七弦：古琴有七条弦，故称七弦琴。
❷ 松风寒：松风，琴曲名，指《风入松》曲。寒：凄清的意思。

译文 Yiwen

七弦琴上弹奏出清亮的乐音，静静地听就像松风吹寒那样凄清。虽然我十

分喜爱这古老的曲调，但现在的人弹奏的不多了！

赏析 Shangxi

这首诗题为《弹琴》，实则是抒发自己的感慨。诗人在诗中慨叹古调冷落，借喻世人追随时尚，趋时随俗，不爱古风，而自己则寂寞无依。前两句写七弦琴声，十分清幽，静静地听，仿佛风吹松林一般，引导读者进入音乐的境界。后两句写诗人虽然格外喜欢那优美的古调，遗憾的是现在已没有几人喜欢弹奏了，通过议论性抒情，流露出曲高和寡的孤独感。全诗从对琴声的赞美，转而对时尚慨叹，流露了诗人孤高自赏，不同凡俗，稀有知音的情操。

作者简介 Zuozhe Jianjie

【刘长卿】

刘长卿（约726—约786），字文房，宣城（今属安徽）人，郡望河间（今属河北）。唐代著名诗人，工五言诗，人称“五言长城”。官至监察御史。与诗仙李白交厚，有《刘随州诗集》传世，其诗五卷入《全唐诗》。

饯别王十一南游[1]

刘长卿

望君烟水[2]阔，挥手泪沾巾。飞鸟没何处[3]，青山空向人[4]。长江一帆远，落日[5]五湖春。谁见汀洲[6]上，相思愁白苹[7]。

注释 Zhushi

❶ 饯别：设酒食送行。王十一：排行十一。
❷ 烟水：茫茫的水面。
❸ 飞鸟：比喻远行的人。没：消失。
❹ 空向人：枉向人，意思是徒增相思。
❺ 落日：指王十一到南方后，当可看到夕照下的五湖春色。
❻ 汀洲：水边或水中平地。
❼ 白苹：水中浮草。

译文 Yiwen

望着你的小船驶向茫茫云水，频频挥手惜别泪水沾湿佩巾。你像一只飞鸟不知归宿何处，留下这一片青山空对着行人。江水浩浩一叶孤帆远远消失，落日下你将欣赏着五湖之美。谁能见我伫立汀洲上怀念你，望着白苹心中充满无限愁情。

赏析 Shangxi

这是首送别诗，写与友人离别时的情景。友人已乘舟向烟水迷蒙的远方驶去，但诗人还在向他洒泪挥手送别。渐渐地，看不见友人的旅舟了，江面上鸟在飞着，不知它们要飞往何处；远处只有青山默默地对着诗人。朋友乘坐的船儿沿长江向远处去了，诗人在斜阳里伫立，想象着友人即将游五湖的情景。就这样离别了，不知有谁知道诗人对朋友的悠悠相思。诗人借助眼前景物，通过遥望和凝思，来表达离愁别恨，手法新颖，不落俗套。诗题虽是“饯别”，但诗中看不到饯别的场面，甚至一句离别的话语也没有提及。笔墨集中凝炼，构思巧妙。诗中“飞鸟”隐喻友人的南游，写出了友人的远行难以预料，倾注了自己的关切和忧虑。真诚的友情不同于一般的客套，它不在当面应酬，而在别后思念。诗人对朋友的一片真情，正体现在这别后的独自久久凝望上。而后诗人的心却追随友人远去一直伴送他到达目的地。在诗人的想象中，他的朋友正在夕阳灿照的太湖畔观赏明媚的春色。诗的最后，又从恍惚的神思中折回到送别的现场来。诗人站在汀洲之上，对着秋水苹花出神，久久不忍归去，心中充满着无限愁思。情景交融，首尾呼应，离思深情，悠然不尽。

江乡故人偶集[1]客舍　戴叔伦

天秋月又满，城阙夜千重[2]。还作江南会，翻疑[3]梦里逢。风枝[4]惊暗鹊，露草泣寒虫。羁旅[5]长堪醉，相留畏晓钟[6]。

注释 Zhushi

❶ 偶集：偶然与同乡聚会。

❷ 城阙：宫城前两边的楼观，泛指城池。千重：千层，形容夜色浓重。

❸ 翻疑：反而怀疑。翻：义同“反”。

❹ 风枝：风吹动树枝。

⑤ 羁旅：犹漂泊。

⑥ 晓钟：报晓的钟声。

译文 Yiwen

秋夜里一轮满月高挂天空，光华洒满宫城的门户千重。在京城能和江南一样相聚，大家反而怀疑是梦里相逢。秋风惊动枝头栖宿的乌鹊，露草里唧唧哭叫着的寒虫。漂泊在外的游客应该长醉，相互挽留怕听报晓的响钟。

赏析 Shangxi

诗写故人在秋夜月满时，居然能与同乡偶集在京城长安，感慨无限。因为相见非易，应作长夜之欢，故最怕晓钟，担心分手。首联写相聚时间、地点；颔联写相聚出其不意，通过乌鹊的惊动和秋虫的悲鸣表现了夜色的沉寂和凄凉，书写了身世漂泊之感和宦海浮沉之痛，寓有怀乡思亲的悲凉况味。颈联以曹操的《短歌行》“月明星稀，乌鹊南飞，绕树三匝，何枝可依”的典故，暗寓乡思。末联写羁旅之愁，应作长醉，款款写来，层次分明，写景有致，抒情深沉。侧面表现了流离之苦。曲折地表达了不忍与朋友分别的心理，传达了对友情的珍视和漂泊在外的痛楚。

作者简介 Zuozhe Jianjie

【戴叔伦】

戴叔伦（732—789），字幼公，润州金坛（今属江苏）人。曾任新城令、东阳令、抚州刺史、容管经略使。晚年上表自请为道士。其诗多表现隐逸生活和闲适情调，也反映了人民生活的艰苦。

塞下曲[1]

卢　纶

月黑[2]雁飞高，单于夜遁逃[3]。欲将轻骑逐[4]，大雪满弓刀[5]。

注释 Zhushi

❶ 塞下曲：古时的一种军歌。

❷ 月黑：没有月光。

❸ 单于（chán yú）：匈奴的首领。这里指入侵者的最高统帅。遁：逃走。

❹ 将：率领。轻骑（jì）：轻装快速的骑兵。逐：追赶。

❺ 弓刀：像弓一样弯曲的军刀。

译文 Yiwen

在这月黑风高的不寻常的夜晚，敌军偷偷地逃跑了。将军发现敌军潜逃，要率领轻装骑兵去追击，正准备出发之际，忽然飘来一场纷纷扬扬的大雪，刹那间弓刀上落满了雪花。

赏析 Shangxi

这是卢纶《塞下曲》组诗中的第三首。卢纶曾任幕府中的元帅判

官，对行伍生活有体验，描写此类生活的诗比较充实，风格雄劲。这首诗写将军雪夜准备率兵追敌的壮举，气概豪迈。前两句写敌军的溃逃。“月黑雁飞高”，月亮被云遮掩，一片漆黑，宿雁惊起，飞得高高。“单于夜遁逃”，在这月黑风高的不寻常的夜晚，敌军偷偷地逃跑了。后两句写将军准备追敌的场面，气势不凡。“欲将轻骑逐”，要率领轻装骑兵去追击；正准备出发之际，一场纷纷扬扬的大雪，刹那间弓刀上落满了雪花。最后一句“大雪满弓刀”是严寒景象的描写，突出表达了战斗的艰苦性和将士们奋勇的精神。本诗情景交融。敌军是在“月黑雁飞高”的情景下溃逃的，将军是在“大雪满弓刀”的情景下准备追击的。一逃一追的气氛有力地渲染出来了。全诗没有写冒雪追敌的过程，也没有直接写激烈的战斗场面，但留给人们的丰富想象，引逗读者的联想，这叫言有尽而意无穷。神龙见首不见尾，更富有意趣。

作者简介 Zuozhe Jianjie

【卢纶】

卢纶（约737—约799），字允言，唐代诗人，“大历十才子”之一，河中蒲（今山西省永济县）人。天宝末举进士，遇乱不第；代宗朝又应

举，屡试不第。大历六年，宰相元载举荐，授阌乡尉；后由王缙荐为集贤学士，秘书省校书郎，升监察御史。出为陕府户曹、河南密县令。后元载、王缙获罪，遭到牵连。德宗朝复为昭应令，又任河中浑瑊元帅府判官，官至检校户部郎中。有《卢户部诗集》。

送李端[1]

卢　纶

故关衰草遍[2]，离别自堪悲。路出寒云外[3]，人归暮雪时。少孤[4]为客早，多难识君迟。掩泪空相向，风尘何处期[5]？

注　释 Zhushi

❶ 李端：作者友人。

❷ 故关：故乡。衰草：冬草枯黄，故曰衰草。

❸ 路出寒云外：意为李端欲去的路伸向云天外，写其道路遥远漫长。

❹ 少孤：少年丧父、丧母或父母双亡。

❺ 风尘：指社会动乱。此句意为在动乱年代，不知后会何期。

译　文 Yiwen

故乡遍地都是衰败的枯草，好友相别实在是令人伤悲。你去的道路伸向云天之外，我归来时只见暮雪在纷飞。从小丧父早年就客游外乡，多经磨难我与你相识太迟。回望你去的方向掩面而泣，在战乱年月再见不知何时。

赏析 Shangxi

这是一首感人至深的诗章，以一个“悲”字贯串全篇。首联写送别的环境气氛，从衰草落笔，时令当在严冬。郊外枯萎的野草，正迎着寒风抖动，四野苍茫，一片凄凉的景象。在这样的环境中送别故人，自然大大加重了离愁别绪。诗的第二联写送别的情景，仍紧扣“悲”字。写的是送别之景，但融入了浓重的依依难舍的惜别之情。情藏景中。第三联回忆往事，感叹身世，还是没离开这个“悲”字。“少孤为客早，多难识君迟”是全诗情绪凝聚的警句。人生少孤已属极大不幸，何况又因天宝末年动乱，自己远役他乡，饱经漂泊困厄，而绝少知音。第四联收束全诗，仍归结到“悲”字。诗人在经历了难堪的送别场面，回忆起不胜伤怀的往事之后，越发觉得对友人依依难舍，不禁又回过头来，遥望远方，掩面而泣；然而友人毕竟是望不见了，掩面而泣也是徒然，唯一的希望是下次早日相会。

秋夜寄丘员外[1]

韦应物

怀君属[2]秋夜，散步咏凉天。山空松子落，幽人[3]应未眠。

注 释 Zhushi

❶ 丘员外：名丹，苏州人，曾拜尚书郎，后隐居平山上。

❷ 属：正值，适逢，恰好。

❸ 幽人：幽居隐逸的人，悠闲的人，此处指丘员外。

译 文 Yiwen

怀念您啊，在这悲凉的秋夜；我独自散步访咏叹凉爽的秋天。空山寂静能听到松子落地声，我想您也在思友而难以成眠。

赏 析 Shangxi

这是一首怀人的诗。诗人与丘丹在苏州时交往甚密，丘丹平山学道时，诗人写此诗以寄怀。诗的前两句，写自己因秋夜怀人而徘徊沉吟的情景；后两句想象所怀的人这时也在怀念自己而难以成眠。隐士常以松子为食，因而想到松子脱落季节即想起对方。一样秋色，异地相思。着墨虽淡，韵味无穷；语浅情深，言简意长。从整首诗看，作者运用写实与虚构相结合的手法，使眼前景与意中景同时并列，使怀人之人与所怀之人两地相连，进而表达了异地相思的深情。全诗不以强烈的语言打动读者，只是从容下笔，淡淡着墨，而语浅情深，言简意长，使人感到韵味悠永，玩绎不尽。

作者简介 Zuozhe Jianjie

【韦应物】

韦应物（737—792），唐代诗人。京兆长安（今陕西西安）人。少年时以三卫郎为玄宗近侍，出入宫闱，扈从游幸。后为滁州和江州刺史、左司郎中、苏州刺史，故世称韦江州、韦左司或韦苏州。其诗以写田园风物著名，语言简淡。与王维、孟浩然、柳宗元并称“王孟韦柳”。传世作品有《韦苏州集》。

淮上喜会梁州故人

韦应物

江汉曾为客，相逢每醉还。浮云一别后，流水❶十年间。欢笑情如旧，萧疏鬓已斑。何因不归去？淮上有秋山❷。

注释 Zhushi

❶ 流水：喻岁月如流，又暗合江汉。

❷ 淮上有秋山：淮上：淮水边。梁州：指兴元府（今陕西汉中市）。言淮上风光可恋，正呼应“不归去”之意。

译文 Yiwen

在江汉就曾经一起作客，每次相逢都是尽醉而还。离别后如浮云飘浮不定，岁月如流水一晃过十年。今日相见虽然欢笑如旧，可惜人已苍老鬓发斑斑。为何我不与故人同归去？因为淮上有秀美的秋山。

赏 析 Shangxi

这首诗描写诗人在淮上（今江苏淮阴一带）喜遇梁州故人的情况和感慨。他和这位老朋友，十年前在梁州江汉一带有过交往。诗的开头，写诗人昔日在江汉作客期间与故人相逢时的乐事，概括了以前的友谊。诗人写这段往事，仿佛是试图从甜蜜的回忆中得到慰藉，然而其结果反而引起岁月蹉跎的悲伤。颔联一跌，直接抒发十年阔别的伤感。颈联的出句又回到诗题，写这次相会的“欢笑”之态。久别重逢，确有喜的一面。他们也像十年前那样，有痛饮之事。然而这喜悦，只能说是表面的，或者说是暂时的，所以对句又将笔宕开，写两鬓萧疏。十年的漂泊生涯，使得人老了。这一副衰老的形象，不言悲而悲情溢于言表，漂泊之感也就尽在不言之中。一喜一悲，笔法跌宕；一正一反，交互成文。末联以景色作结。为何不归去，原因是“淮上有秋山”。秋光中的满山红树，正是诗人留恋之处，留下了回味的余地。

滁州西涧[1]

韦应物

独怜[2]幽草涧边生，上有黄鹂深树[3]鸣。春潮[4]带雨晚来急，野渡无人舟自横[5]。

注 释 Zhushi

[1] 滁州：州名，辖境相当于今安徽滁州、来安、全淑三市县地。西涧：

滁州城西郊的一条小溪。

❷ 独怜：独爱。

❸ 深树：树荫深处。

❹ 春潮：春天的潮汐。

❺ 野渡：荒郊野外无人管理的渡口。横：指随意漂浮。

译文 Yiwen

河边生长的野草，是那样幽静而富有生趣；河岸上茂密的丛林深处，不时传来黄莺鸟的叫声，是那样婉转动听。因傍晚下了春雨，河面像潮水一样流得更急了，在那暮色苍茫的荒野渡口，已没有人渡河，只有小船独自横漂在河边上。

赏析 Shangxi

这是山水诗的名篇，也是韦应物的代表作之一，写于滁州刺史任

上。这首诗描写了山涧水边的幽静景象和诗人春游滁州西涧赏景和晚潮带雨的野渡所见。诗的前两句“独怜幽草涧边生，上有黄鹂深树鸣”是说：诗人独喜爱涧边生长的幽草，上有黄莺在树阴深处啼鸣。这是清丽的色彩与动听的音乐交织成的幽雅景致。后两句“春潮带雨晚来急，野渡无人舟自横”意思是：傍晚下雨潮水涨得更急，郊野的渡口没有行人，一只渡船横泊河里。这雨中渡口扁舟闲横的画面，蕴含着诗人对自己无所作为的忧伤，引人思索。还更加说明韦应物宁愿做一株无人关注的小草，也不愿意去做那些大的官职。末两句以飞转流动之势，衬托闲淡宁静之景，可谓诗中有画，景中寓情。

夜上受降城闻笛　　李　益

回乐峰❶前沙似雪，受降城❷外月如霜。不知何处吹芦管❸，一夜征人尽望乡。

注　释 Zhushi

❶ 回乐峰：唐代有回乐县，在宁夏回族自治区灵武县西南。回乐峰即当地的山峰。

❷ 受降城：唐代有东、中、西三座受降城，都在内蒙古自治区境内。

❸ 芦管：笛子。

译文 Yiwen

回乐峰前的沙地白得像雪，受降城外的月色有如秋霜。不知何处吹起凄凉的芦管，一夜间征人个个眺望故乡。

赏析 Shangxi

意在抒写边防将士之乡情。前两句写月下边塞的景色；第三句写声音，闻见芦管悲声；第四句写心中感受，芦笛能动征人回乡之望。全诗把景色、声音，感受融为一体，意境浑成。《唐诗纪事》说这首诗在当时便被度曲入画。仔细体味全诗意境，确也是谱歌作画的佳品。

作者简介 Zuozhe Jianjie

【李益】

李益（746—829），中唐诗人，字君虞，陕西姑臧（今甘肃武威）

人，后迁河南郑州。大历四年（769）进士，初任郑县尉，久不得升迁，建中四年（783）登书判拔萃科。因仕途失意，后弃官在燕赵一带漫游。今存《李益集》二卷，《李君虞诗集》二卷，《二酉堂丛书》本《李尚书诗集》一卷。

听筝　李端

鸣筝金粟柱❶，素手玉房❷前。欲得周郎顾，时时误拂弦。

注释 Zhushi

❶ 金粟柱：古也称桂为金粟，这里当是指弦轴之细而精美。

❷ 玉房：弹筝女子的住处。

译文 Yiwen

金粟柱的古筝发出优美的声音，那素手拨筝的美人坐在玉房前。想尽了办法为博取周郎的青睐，你看她时时故意地拨错了琴弦。

赏析 Shangxi

为了所爱慕的人顾盼自己，便故意将弦拨错，弹筝女可爱形象跃然纸上。相传三国时代的周瑜，二十四岁为建威中郎将，人称周郎，他精通音乐，别人奏曲有误，他就回头一看，当时人称："曲有误，周郎顾。"此诗当然受到这个故事的启发。诗的一、二句写弹筝的女子纤手拨筝，正处于弹奏状态。按此写法，接下去似乎应该描写女子的弹奏技艺，或者表现秦筝极富感染力的音乐形象，但出人意料的是，三、四句并不沿袭通常的写法，而是描写女子为了引起知音者的注意，故意错拨筝弦。周郎，即三国时的周瑜，这里喻指听者。

作者简介 Zuozhe Jianjie

【李端】

李端（约743—约782），字正己，赵州（今河北赵县）人。少居庐山，师诗僧皎然。大历五年进士。曾任秘书省校书郎、杭州司马。晚年辞官隐居湖南衡山，自号衡岳幽人。今存《李端诗集》三卷。其诗多为应酬之作，个别作品对社会现实亦有所反映，一些写闺情的诗也清婉可诵，其风格与司空曙相似。李端是"大历十才子"之一，在"十才子"中年辈较轻。

游子吟

孟 郊

慈母手中线，游子[1]身上衣。临[2]行密密缝，意恐迟迟归[3]。谁言寸草心[4]，报得三春晖[5]。

注 释 Zhushi

❶ 游子：古代称远游旅居的人。

❷ 临：将要。

❸ 意恐迟迟归：恐怕儿子在外迟迟不回家。

❹ 言：说。寸草：小草。这里比喻子女。

❺ 报得：报答。三春晖：春天灿烂的阳光，指慈母之恩。三春：旧时称农历正月为孟春，二月为仲春，三月为季春，合称三春。晖：阳光；形容母爱如春天温暖。

译 文 Yiwen

慈祥的母亲用手中的针线，为儿子赶制身上的衣衫。临行前一针针密密地缝缀，怕的是影响儿子出行。儿心像那小小的草，怎能够报答慈母恩情呢？

赏析 Shangxi

诗中亲切而真诚地歌颂了一种普通而伟大的人性美——母爱，因而引起了无数读者的共鸣，千百年来一直脍炙人口。此诗开头两句“慈母手中线，游子身上衣”，从人到物，突出了两件最普通的东西，写出了母子相依为命的骨肉之情。紧接两句写出人的动作和意态，把笔墨集中在慈母上。行前的此时此刻，老母一针一线，针针线线都是这样的细密，是怕儿子迟迟难归，故而要把衣衫缝制得更为结实一点儿。这里既没有言语，也没有眼泪，然而一片爱的纯情从这普通常见的场景中充溢而出，拨动了每一个读者的心弦，催人泪下，最后两句，以当事者的直觉，翻出进一层的深意：“谁言寸草心，报得三春晖。”通俗形象的比兴，加以悬绝的对比，寄托了赤子炽烈的情意：对于春天阳光般厚博的母爱，怎么报答得了呢。全诗无华丽的辞藻，亦无巧琢雕饰，却饱含着浓郁醇美的诗味，情真意切，千百年来拨动多少读者的心弦，引起万千游子的共鸣。

作者简介 Zuozhe Jianjie

【孟郊】

孟郊（751—814），字东野，湖州武康（今浙江德清）人，祖籍平昌（今山东临邑东北），先世居洛阳（今属河南）。现存诗歌五百多首，以短篇的五言古诗最多，代表作有《游子吟》。孟郊有“诗囚”之称，又与贾岛齐名，人称“郊寒岛瘦”。人们还把孟郊与韩愈并称“韩孟诗派”，主要是因为他们都尚古好奇，多写古体诗。但孟郊所作，多为句式短截的五言古体，用语刻琢而不尚华丽，擅长寓奇特于古拙，诗作力度内敛。与大历、贞元诗人相比，他更接近汉、魏风骨；而与他之后的韩愈、李贺相比，则又较多地保留了大历、贞元诗风的痕迹。

寒食

韩翃

春城[1]无处不飞花，寒食东风御柳斜[2]。日暮汉宫[3]传蜡烛，轻烟散入五侯[4]家。

注释 Zhushi

❶ 春城：指春天的京城长安。

❷ 寒食：古代的节令之一，在清明前两日。御柳：指皇宫中的柳树。

❸ 汉宫：这里指唐朝皇宫。

❹ 五侯：暗喻唐朝的政要。唐朝诗人惯于在作品中借用汉代的典故，是指唐代当时的事。

译文 Yiwen

春天的京城长安到处的柳絮随风飘扬，皇家花园里的杨柳随着春风飘拂。傍晚时分，权宠大丞在传送皇帝赐的蜡烛，蜡烛的青烟散入了五侯的府邸。

赏析 Shangxi

这首诗描写宫廷寒食节的情况。诗人以汉喻唐，揭露了封建统治阶级的特权及宦官得宠专权的腐败现象。开头一句“春城无处不飞花”，“春城”指春天里的都城长安。“飞花”即花瓣纷纷飘落，点明暮春季节。“无处不”用双重否定构成肯定，进而写出整个长安柳絮飞舞，落红无数的迷人春景。第二句“寒食东风御柳斜”是写皇宫园林中的风光。“御柳”是指御苑里的柳树。三、四句讽刺皇帝的偏宠，却不发一句议论。讽刺之笔，深藏不露，讽刺之意，又显露不晦，艺术手法高超。

作者简介 Zuozhe Jianjie

【韩翃】

韩翃（754年前后在世），字君平，南阳（今河南南阳）人。“大历十才子”之一。天宝十三年（754）考中进士，宝应年间在淄青节度使侯希逸幕府中任从事，后随侯希逸回朝，闲居长安十年。建中年间，因作《寒食》诗被唐德宗所赏识，因而被提拔为中书舍人。韩翃诗笔法轻巧，写景别致，在当时传诵很广。

山石

韩愈

山石荦确行径微[1]，黄昏到寺蝙蝠飞。升堂坐阶[2]新雨足，芭蕉叶大栀子肥。僧言古壁佛画好，以火来照所见稀[3]。铺床拂席置羹饭[4]，疏粝亦足饱我饥[5]。夜深静卧百虫绝，清月出岭光入扉[6]。天明独去无道路[7]，出入高下穷烟霏[8]。山红涧碧纷烂漫[9]，时见松枥皆十围[10]。当流赤足踏涧石[11]，水声激激风吹衣。人生如此自可乐，岂必局束为人鞿[12]？嗟哉吾党二三子，安得至老不更归[13]。

注释 Zhushi

❶ 荦确（luò què）：指山石险峻不平的样子。微：狭窄。

❷ 升堂：进入寺中厅堂。阶：厅堂前的台阶。

❸ 稀：依稀，模糊，看不清楚。

❹ 置：供。羹：菜汤。这里是泛指菜蔬。

❺ 疏粝（lì）：糙米饭。这里是指简单的饭食。饱我饥：给我充饥。

❻ 清月：清朗的月光。出岭：指清月从山岭那边升上来。扉（fēi）：门。光入扉：指月光穿过门户，照进室内。

⑦ 无道路：指因晨雾迷茫，不辨道路，随意步行的意思。

⑧ 出入高下：指进进出出于高高低低的山谷径路意思。霏：氛雾。穷烟霏：穷尽云雾，即走遍了云遮雾绕的山径。

⑨ 山红涧碧：即山花红艳、涧水清碧。纷：繁盛。烂漫：光彩四射的样子。

⑩ 枥（lì）：同“栎”，落叶乔木。十围：形容树干非常粗大。两手合抱一周称一围。

⑪ 赤足踏涧石：是说对着流水就打起赤脚，踏着涧中石头趟水而过。

⑫ 局束：拘束，不自由的意思。鞿（jī）：马的缰绳。这里作动词用，即牢笼、控制的意思。

⑬ 安得：怎能。不更归：不再回去了，表示对官场的厌弃。

译文 Yiwen

山石峥嵘险峭，山路狭窄像羊肠，蝙蝠穿飞的黄昏，来到这座庙堂。登上庙堂坐台阶，刚下一场透雨，芭蕉枝粗叶大，山栀更肥壮。僧人告诉我说，古壁佛画真堂皇，用火把照看，依稀可见确是好画。为我铺好床席，又准备米饭菜汤，饭菜虽粗糙，却够填饱我的饥肠。夜深清静好睡觉，百虫停止吵嚷，明月爬上了山头，清辉泻入门窗。天明我独自离去，无法辨清路向，出入雾霭之中，我上下摸索踉跄。山花鲜红，涧水碧绿，光泽又艳繁，时见松栎粗大十围，郁郁又苍苍。遇到涧流当道，光着脚板踏石淌，水声激激风飘飘，掀起我的衣裳。人生在世能如此，也应自得其乐，何必受到约束，宛若被套上马缰？哎呀，我那几个情投意合的伙伴，怎么能到了年老，还不再返回故乡！

赏析 Shangxi

诗以开头“山石”二字为题，却并不是歌咏山石，而是一篇叙写游踪的诗。这诗汲取了散文中有悠久传统的游记文写法，按照行程的顺序，叙写从“黄昏到寺”、“夜深静卧”到“天明独去”的所见、所闻和所感，是一篇诗体的山水游记。诗人手段高明，他像电影摄影师选好外

景，人物在前面活动，摄影机在后面推、拉、摇、跟，一个画面接着一个画面，在读者眼前出现。每一画面，都有人有景有情，构成独特的意境。全诗主要记游山寺，一开头，只用“山石荦确行径微”一句，概括了到寺之前的行程，而险峻的山石，狭窄的山路，都随着诗中主人公的攀登而移步换形。第二句“黄昏到寺蝙蝠飞”中的“到寺”二字写了来游的诗人。而且，巧妙地选取了一个“蝙蝠飞”的镜头，让那只有在黄昏之时才会出现的蝙蝠在寺院里盘旋，就立刻把诗中主人公和山寺，统统笼罩于幽暗的暮色之中。因为下过一场透雨，芭蕉的叶显得更大更绿，栀子花开得更盛更香更丰美。时间在流逝，栀子花、芭蕉叶终于隐没于夜幕之中。于是热情的僧人便凑过来助兴，夸耀寺里的“古壁佛画好”，并拿来火把，领客人去观看。这当儿，菜饭已经摆上了，床也铺好了，连席子都拂拭干净了。寺僧的殷勤，宾主感情的融洽，也都得到了形象的体现。写夜宿只用了两句。“夜深静卧百虫绝”，表现了山寺之夜的清幽。主人公也自然万虑俱消，心境也空前清静。接踵而来的则是“清月出岭光入扉”，主人公又兴致勃勃地隔窗赏月了。表现了主人公陶醉于山中夜景的情怀，而且水到渠成，为下面写离寺早行做了过渡。“天明”以下六句，写离寺早行，跟着时间的推移和主人公的迈步向前，画面上的光、色、景物在不断变换，引人入胜。此情此景，正是饶有诗味，富于画意的。诗写到下山为止，游踪所及，逐次以画面展现，像旅游纪录影片，随着游人的前进，一个个有声有色有人有景的镜头不断转换。结尾四句，总结全诗。“人生如此”，概括了此次出游山寺的全部经历，然后用“自可乐”加以肯定。后面的二句诗，以“为人鞿”的幕僚生活作反衬，表现了对山中自然美、人情美的无限向往，从而强化了全诗的艺术魅力。

作者简介 Zuozhe Jianjie

【韩愈】

韩愈（768—824），字退之，唐河内河阳（今河南孟县）人。自谓郡望昌黎，世称韩昌黎。唐代古文运动的倡导者，宋代苏轼称他“文起八代之衰”，明人推他为“唐宋八大家”之首，与柳宗元并称“韩柳”，有“文章巨公”和“百代文宗”之名，著有《韩昌黎集》四十卷，《外集》十卷。曾官监察御史、阳山令、刑部侍郎、潮州刺史、吏部侍郎，卒赠礼部侍郎。政治上既不赞成改革主张，又反对藩镇割据。尊儒反佛，比较关心人民疾苦。文学上主张师承秦、汉散文传统，积极倡导古文运动，提出“文以载道”“文道合一”的观点。韩诗力求创新，气势雄伟，有独特风格，对宋诗创作影响较大，并延及清代 。

问刘十九[1]

白居易

绿蚁新醅酒[2]，红泥小火炉。晚来天欲雪[3]，能饮一杯无[4]？

注释 Zhushi

❶ 刘十九：嵩阳（今河南登封）人，名不详，十九是排行。诗人的朋友。

❷ 绿蚁：指浮在新酿的没有过滤的米酒上的绿色泡沫。醅（pēi）：酿造。绿蚁新醅酒：酒是新酿的酒。新酿酒未滤清时，酒面浮起酒渣，色微绿，细如蚁，称为“绿蚁”。

❸ 雪：下雪，这里作动词用。

❹ 无：表示疑问的语气词，相当于“么”或“吗”。

译 文 Yiwen

我家新酿的米酒还未过滤，酒面上泛起一层绿泡，香气扑鼻。用红泥烧制成的烫酒用的小火炉也已准备好了。黄昏的天色阴沉，看样子即将要下雪，你能否留下与我共饮一杯呢？

赏 析 Shangxi

刘十九是作者在江州时的朋友，全诗寥寥二十字，没有深远寄托，没有华丽辞藻，字里行间却洋溢着热烈欢快的色调和温馨炽热的情谊，表现了温暖如春的诗情。诗歌前两句选用“家酒”和“小火炉”两个极具生发性和暗示性的意象，容易唤起读者对质朴地道的农村生活的情境联想。后面两句：“晚来天欲雪，能饮一杯无？”在这样一个风寒雪飞的冬夜里，在这样一个暮色苍茫的空闲时刻，邀请老朋友来饮酒叙旧，更体现出诗人那种浓浓的情谊。“雪”这一意象的安排勾勒出朋友相聚畅饮的背景，寒风瑟瑟，大雪飘飘，让人感到冷彻肌肤的凄寒，越是如此，就越能反衬出火炉的炽热和友情的珍贵。读者就会感受到整体组织的气韵、境界和情味：寒冬腊月，暮色苍茫，风雪大作，家酒新熟，炉火已生，只盼朋友莫要来。构成一幅有声有色、有形有态、有情有意的图画，其间流溢出友情的融融暖意和人性的阵阵芳香。

作者简介 Zuozhe Jianjie

【白居易】

白居易（772—846），字乐天，晚年又号香山居士，河南新郑（今郑州新郑）人，我国唐代伟大的现实主义诗人，中国文学史上负有盛名且影响深远的诗人和文学家。他的诗歌题材广泛，形式多样，语言平易通俗，有“诗王”之称。贞元十六年（800）中进士，历任左拾遗、东宫赞善大夫、江州司马、杭州刺史、苏州刺史、太傅等职。有《白氏长庆集》传世，代表诗作有《长恨歌》《卖炭翁》《琵琶行》等。

琵琶行并序　白居易

元和十年，予左迁[1]九江郡司马。明年秋，送客湓浦口，闻舟中夜弹琵琶者。听其音，铮铮[2]然有京都声[3]。问其人，本长安倡女[4]，尝学琵琶于穆、曹二善才[5]。年长色衰，委身[6]为贾人[7]妇。遂命酒，使快弹数曲。曲罢悯然[8]，自叙少小时欢乐事，今漂沦憔悴，转徙于江湖间。予出官二年，恬然[9]自安，感斯人言，是夕始觉有迁谪意[10]。因为长句，歌以

赠之，凡[11]六百一十六言。命[12]曰《琵琶行》。

浔阳江头夜送客，枫叶荻花秋瑟瑟[13]。主人[14]下马客在船，举酒欲饮无管弦。醉不成欢惨将别，别时茫茫江浸月。忽闻水上琵琶声，主人忘归客不发。寻声暗问弹者谁？琵琶声停欲语迟。移船相近邀相见，添酒回灯[15]重开宴。千呼万唤始出来，犹抱琵琶半遮面。转轴拨弦[16]三两声，未成曲调先有情。弦弦掩抑[17]声声思[18]，似诉平生不得志。低眉信手续续弹[19]，说尽心中无限事。轻拢慢捻抹复挑，初为《霓裳》后《六幺》[20]。大弦嘈嘈[21]如急雨，小弦切切[22]如私语。嘈嘈切切错杂弹，大珠小珠落玉盘。间关[23]莺语花底滑，幽咽[24]泉流冰下难[25]。冰泉冷涩弦凝绝[26]，凝绝不通声暂歇。别有幽愁暗恨生，此时无声胜有声。银瓶乍破水浆迸[27]，铁骑突出刀枪鸣。曲终[28]收拨[29]当心画[30]，四弦一声如裂帛。东船西舫悄无言，唯见江心秋月白。沉吟放拨插弦中，整顿衣裳起敛容[31]。自言本是京城女，家在虾蟆陵[32]下住。十三学得琵琶成，名属教坊[33]第一部。曲罢曾教善才服，妆成每被秋娘[34]妒。五陵[35]年少争缠头[36]，一曲红绡[37]不知数。钿头银篦[38]击节[39]碎，血色罗裙翻酒污。今年欢笑复明年，秋月春风等闲度。弟走从军阿姨死，暮去朝来颜色故[40]。门前冷落鞍马稀，老大嫁作商人妇。商人重利轻别离，前月浮梁[41]买茶去。去来[42]江口守空船，绕船月明江水寒。夜深忽梦少年事，梦啼妆泪[43]红阑干[44]。我闻琵琶已叹息，又闻此语重唧唧[45]。同是天涯沦落人，相逢何必曾相识！我从去年辞帝京，谪居卧病

浔阳城。浔阳地僻无音乐，终岁不闻丝竹声。住近湓江地低湿，黄芦苦竹绕宅生。其间旦暮闻何物？杜鹃啼血猿哀鸣。春江花朝秋月夜，往往取酒还独倾。岂无山歌与村笛？呕哑嘲哳[46]难为听。今夜闻君琵琶语，如听仙乐耳暂[47]明。莫辞更坐弹一曲，为君翻作《琵琶行》。感我此言良久立，却坐[48]促弦[49]弦转急。凄凄不似向前声[50]，满座重闻皆掩泣[51]。座中泣下谁最多？江州司马青衫[52]湿。

注释 Zhushi

❶ 左迁：贬官，降职。古以左为卑，故称“左迁”。
❷ 铮铮：形容金属、玉器等相击声。
❸ 京都声：指唐代京城流行的乐曲声调。
❹ 倡女：歌女。倡，古时歌舞艺人。
❺ 善才：当时对琵琶师或曲师的通称。是“能手”的意思。
❻ 委身：托身，这里指嫁的意思。
❼ 贾（gǔ）人：商人。
❽ 悯然：忧郁的样子。
❾ 恬然：淡泊宁静的样子。
❿ 迁谪：贬官降职或流放。
⓫ 凡：总共。
⓬ 命：命名，题名。
⓭ 瑟瑟：形容枫树、芦荻被秋风吹动的声音。
⓮ 主人：诗人自指。
⓯ 回灯：重新拨亮灯光。回：再。
⓰ 转轴拨弦：将琵琶上缠绕丝弦的轴，以调音定调。
⓱ 掩抑：掩蔽，遏抑。

⑱思：悲，伤。

⑲续续弹：连续弹奏。

⑳《霓裳》、《六幺》：为歌舞曲。

㉑大弦：指最粗的弦。嘈嘈：声音沉重抑扬。

㉒小弦：指最细的弦。切切：细促轻幽，急切细碎。

㉓间关：莺语流滑叫“间关”。

㉔幽咽：遏塞不畅状。

㉕冰下难：泉流冰下阻塞难通，形容乐声由流畅变为冷涩。

㉖凝绝：凝滞。

㉗迸：溅射。

㉘曲终：乐曲结束。

㉙拨：弹奏弦乐时所用的工具。

㉚当心画：用拨子在琵琶的中部划过四弦，是一曲结束时经常用到的右手手法。

㉛敛容：收敛（深思时悲愤深怨的）面部表情。

㉜虾（há）蟆陵：在长安城东南，曲江附近，是当时有名的游乐地区。

㉝教坊：唐代官办管领音乐杂技、教练歌舞的机关。

㉞秋娘：唐时歌舞妓常用的名字。

㉟五陵：在长安城外，汉代五个皇帝的陵墓。

㊱缠头：用锦帛之类的财物送给歌舞妓女。

㊲绡：精细轻美的丝织品。

㊳钿（diàn）头银篦（bì）：此指镶嵌着花钿的篦形发饰。

㊴击节：打拍子。

㊵颜色故：容貌衰老。

㊶浮梁：古县名，唐属饶州，在今江西省景德镇市，盛产茶叶。

㊷去来：走了以后。

㊸梦啼妆泪：梦中啼哭，匀过脂粉的脸上带着泪痕。

㊹阑干：纵横散乱的样子。

㊺唧唧：叹声。

㊻呕哑嘲哳：形容声音嘈杂。

㊼暂：突然。

㊽却坐：退回到原处。

㊾促弦：把弦拧得更紧。

㊿向前声：刚才奏过的单调。

51掩泣：掩面哭泣。

52青衫：唐朝八品、九品文官的服色。白居易当时的官阶是将仕郎，从九品，所以服青衫。

译 文 Yiwen

唐宪宗元和十年，我被贬为九江郡司马。第二年秋季的一天，送客到湓浦口，夜里听到船上有人弹琵琶。听那声音，铮铮铿铿有京都流行的声韵。探问这个人，原来是长安的歌女，曾经向穆、曹两位琵琶大师学艺。后来年纪大了，红颜退尽，嫁给商人为妻。于是命人摆酒叫她畅快地弹几曲。她弹完后，有些闷闷不乐的样子，自己说起了少年时欢乐之事，而今漂泊沉沦，形容憔悴，在江湖之间辗转流浪。我离京调外任职两年来，随遇而安，自得其乐，而今被这个人的话所感触，这天夜里才有被降职的感觉。于是撰写一首长诗赠送给她，共六百一十六字，题为《琵琶行》。

秋夜我到浔阳江头送一位归客，冷风吹着枫叶和芦花秋声瑟瑟。我和客人下马在船上饯别设宴，举起酒杯要饮却无助兴的音乐。酒喝得不痛快更伤心将要分别，临别时夜茫茫江水倒映着明月。忽听得江面上传来琵琶清脆声；我忘却了回归，客人也不想动身。寻着声源探问弹琵琶的是何人？琵琶停了许久却迟迟没有动静。我们移船靠近邀请她出来相见；叫下人添酒回灯重新摆起酒宴。千呼万唤她才缓缓地走出来，怀里还抱着琵琶半遮着脸面。转紧琴轴拨动琴弦试弹了几声；尚未成曲调那形态就非常有情。弦弦凄楚悲切声音隐含着沉思；似乎在诉说着她平生的不得志；她低着头随手连续地弹个不停；用琴声把心中无限的往事说尽。轻轻地拢，慢慢地捻，一会儿抹，一会儿挑。初弹《霓裳羽衣曲》接着再弹《六幺》。大弦浑宏悠长嘈嘈如暴风骤雨；小弦和缓幽细切切如有人私语。嘈嘈声切切声互为交错地弹奏；就像大珠小珠一串串掉落玉盘。琵琶声一会儿像花底下宛转流畅的鸟鸣声，一会儿又像水在冰下流动受阻艰涩低沉、呜咽断续的声音。好像水泉冷涩琵琶声开始凝结，凝结而不通畅声音渐渐地中断。像另有一种愁思幽恨暗暗滋生；此时闷闷无声却比有声更动人。突然间好像银瓶撞破水浆四溅；又好像铁甲骑兵厮杀刀枪齐鸣。一曲终了她对准琴弦中心划拨；四弦一声轰鸣好像撕裂了布帛。东船西舫人们都静悄悄地聆听；只见江心之中映着白白秋月影。她沉吟着收起拨片插在琴弦中；整顿衣裳依然显出庄重的颜容。她说我原是京城负有盛名的歌女；老家住在长安城东南的虾蟆陵。弹奏琵琶技艺十三岁就已学成；教坊乐团第一队中列有我姓名。每曲弹罢都令艺术大师们叹服；每次妆成都被同行歌妓们嫉妒。京都豪富子弟争先恐后来献彩；弹完一曲收来的红绡不知其数。钿头银篦打节拍常常断裂粉碎；红色罗裙被酒渍染污也不后悔。年复一年都在欢笑打闹中度过；秋去春来美好的时光白白消磨。兄弟从军姊妹死家道已经破败；暮去朝来我也渐渐地年老色衰。门前车马减少光顾者落落稀稀；青春已逝我只得嫁给商人为妻。商人重利不重情常常轻易别离；上个月他去浮梁做茶叶的生意。他去了留下我在江口孤守空船；秋月与我作伴，绕舱的秋水凄寒。更深夜阑常梦少年时作乐狂欢；梦中哭醒涕泪纵横污损了粉颜。我听琵琶的悲泣早已摇头叹息；又听到她这番诉说更叫我悲凄。我们俩同是天涯沦落的可悲人；今日相逢何必问是否曾经相识！自从去年我离开繁华长安京城；被贬居住在浔阳江畔常常卧病。浔阳这地方荒凉偏僻没有音乐；一年到头听不到管弦的乐器声。住在湓江这个低洼潮湿的地方；宅第周围黄芦和苦竹缭绕丛生。在这里早晚能听到的是什么呢？尽是杜鹃猿猴那些悲凄的哀鸣。春江花朝秋江月夜那样好光景；也无可奈何常常取酒独酌独饮。难道这里就没有山歌和村笛吗？只是那音调嘶哑粗涩实在难听。今晚我听你弹奏琵琶诉说衷情，就像听到仙乐眼也亮来耳也明。请你不要推辞坐下来再弹一曲；我要为你创作一首新诗《琵琶行》。被我的话所感动她站立了好久；回身坐下再转紧琴弦拨出急声。凄凄切切不再像刚才那种声音；在座的人重听都掩面哭泣不停。要问在座之中谁流的眼泪最多？我江州司马泪水湿透青衫衣襟！

赏析 *Shangxi*

本诗的诗眼是“同是天涯沦落人，相逢何必曾相识”。通过写琵琶女生活的不幸，结合诗人自己在宦途所受到的打击，唱出了“同是天涯沦落人，相逢何必曾相识”的心声。社会的动荡，世态的炎凉，对不幸

者命运的同情，对自身失意的感慨，这些本来积蓄在心中的沉痛感受，都一起倾于诗中。它在艺术上的成功还在于运用了优美鲜明的、有音乐感的语言，用视觉的形象来表现听觉所得来的感受；萧瑟秋风的自然景色和离情别绪，使作品更加感人。诗人在这首诗中着力塑造了琵琶女的形象，通过它深刻地反映了封建社会中被侮辱被损害的乐伎、艺人的悲惨命运，抒发“同是天涯沦落人”的感情。诗的开头写“秋夜送客”，“忽闻”“琵琶声”，于是“寻声”“暗问”，“移船”“邀相见”，经过“千呼万唤”，然后歌女才“半遮面”地出来了。这种回荡曲折的描写，就为“天涯沦落”的主题奠定了基石。接着以描写琵琶女弹奏乐曲来揭示她的内心世界。先是“未成曲调”之“有情”，然后“弦弦”“声声思”，诉尽了“生平不得志”和“心中无限事”，展现了琵琶女起伏回荡的心潮。然后进而写琵琶女自诉身世：当年技艺曾教“善才服”，容貌“妆成每被秋娘妒”，京都少年“争缠头”，“一曲红绡不知数”。然而，时光流弹水，“暮去朝来颜色故”、最终只好“嫁作商人妇”。这种如怨如慕、如泣如诉的描写，与上面她的唱互为补充，完成了琵琶女这一形象的塑造。最后，描写诗人感情的波涛为琵琶女的命运所激动，发出了“同是天涯沦落人，相逢何必曾相识”的感叹，抒发了同病相怜，同声相应的情怀。诗韵明快，步步映衬，处处点缀。诗的小序交代时间、地点、人物和故事，概述了琵琶女的悲凉身世，说明写作本诗动机，并为全诗定下了凄切的感情基调。诗的艺术性是很高的，其一，他把歌咏者与被歌咏者的思想感情融二为一，说你也是说我，说我也是说你，命运相同息息相关。其二，诗中写景物、写音乐，手段都极其高超，而且又都和写身世、抒悲慨紧密结合，气氛一致，使作品自始至终沉浸在一种悲凉哀怨的氛围里。其三，作品的语言生动形象，具有很强的概括力，而且转关跳跃，简洁灵活，所以整首诗脍炙人口，易于朗读和背诵。

乌衣巷

刘禹锡

朱雀桥[1]边野草花，乌衣巷口夕阳斜。旧时王谢[2]堂前燕，飞入寻常[3]百姓家。

注释 Zhushi

❶ 朱雀桥：秦淮河上的桥名，离乌衣巷很近。

❷ 王谢：指东晋大臣王导和谢安。

❸ 寻常：平常，普通。

译文 Yiwen

朱雀桥畔长满了野草，到处盛开着一簇簇的野花。黄昏时刻，夕阳西下，乌衣巷内一片幽暗。那些曾经在王导和谢安的高楼华屋中筑巢的燕子，如今都飞到普通百姓家中去了。

赏 析 Shangxi

全诗抒发的是一种物是人非、沧海桑田的感慨。首句“朱雀桥边野草花”，朱雀桥横跨南京秦淮河上，是由市中心通往乌衣巷的必经之路。在这首诗中，突出“野草花”，表明昔日车水马龙的朱雀桥，今天已经荒凉冷落了。第二句“乌衣巷口夕阳斜”，表现出乌衣巷不仅是映衬在败落凄凉的古桥的背景之下，而且还呈现在斜阳的残照之中，使乌衣巷完全笼罩在寂寥、惨淡的氛围之中。“旧时王谢堂前燕，飞入寻常百姓家”。作者忽然把笔触转向了乌衣巷上空正在就巢的飞燕，让人们沿着燕子飞行的去向去辨认，如今的乌衣巷里已经居住着普通的百姓人家了。为了使读者明白无误地领会诗人的意图，作者特地指出，这些飞入百姓家的燕子，过去却是栖息在王谢权门高大厅堂的檐檩之上的旧燕。“旧时”两个字，赋予燕子以历史见证人的身份。“寻常”两个字，又特别强调了今日的居民是多么不同于往昔。从中，我们可以清晰地听到作者对这一变化发出的沧海桑田的无限感慨。诗人的感慨藏而不露，寄寓在景物描写之中。因此它虽然景物寻常，语言浅显，却有一种蕴藉含蓄之美，使人读起来余味无穷。

作者简介 Zuozhe Jianjie

【刘禹锡】

刘禹锡（772—842），字梦得，汉族，中国唐朝彭城（今徐州）人，祖籍洛阳，唐朝文学家，哲学家，唐代中晚期著名诗人，有“诗豪”之称。政治上主张革新，是王叔文派政治革新活动的中心人物之一。曾任监察御史，“永贞革新”失败后被贬为朗州司马（今湖南常德）。刘禹锡及其诗风颇具独特性，他性格刚毅，饶有豪猛之气，在忧患相仍的谪居年月里，内心沉重苦闷，吟出了一曲曲孤臣的哀唱。但他始终不曾绝望，有着一个斗士的灵魂。

元和十年[1]自朗州至京戏赠看花诸君子

刘禹锡

紫陌红尘拂面来[2]，无人不道看花回。玄都观里桃千树[3]，尽是刘郎去后栽[4]。

注释 Zhushi

[1] 元和：唐宪宗年号，公元806—820年。十年：《全唐诗》作"十一

年”，是传写之误。

❷ 紫陌：指京城长安的道路。陌：本是田间小路，这里借用为道路之意。红尘：尘埃，人马往来扬起的尘土。拂面：迎面、扑面。

❸ 玄都观：道教庙宇名，在长安城南崇业坊（今西安市南门外）。桃千树：极言桃树之多。

❹ 刘郎：作者自指。去：一作“别”。

译文 Yiwen

京城的大路上行人车马川流不息，扬起的灰尘扑面而来，人们都说自己刚从玄都观里赏花会来。玄都观里的桃树有上千株，全都是在我被贬离开京城后栽下的。

赏析 Shangxi

刘禹锡贞元二十一年，永贞元年（公元 805 年），刘禹锡参加王叔文政治革新失败后，贬离长安作连州刺史，半途又贬为朗州司马。到了元和十年（公元 815 年），朝廷有人想起用他以及和他同时被贬的柳宗元等人，于是他从朗州被召回京。这首诗，就是他从朗州回到长安时所写的，由于刺痛了当权者，同年又贬往连州。作者在《重至衡阳伤柳仪曹》诗前小序中追述这次被贬途中和柳宗元作别之事，说是在“元和乙未”年，也就是元和十年（公元 815 年）。此诗在《全唐诗》题作《元和十一年自朗州召至京戏赠看花诸君子》。

刘禹锡此诗，通过人们在长安一座道士庙——玄都观中看花这样一件生活琐事，讽刺了当时的朝廷新贵。从表面上看，前两句是写看花的盛况，人物众多，来往繁忙，而为了要突出这些现象，就先从描绘京城的道路着笔。一路上草木葱茏，尘土飞扬，衬托出了大道上人马喧嚣、川流不息的盛况。写看花，又不写去而只写回，并以“无人不道”四字来形容人们看花以后归途中的满足心情和愉快神态，则桃花之繁荣美好，不用直接赞以一词了。它不写花本身之动人，而只写看花的人为花所动，真是又巧妙又简练。后两句由物及人，联系到自己的境遇。玄都观里这些如此吸引人、如此众多的桃花，自己十年前在长安的时候，根本还没有。离开京城后，栽的桃树都长大了，并且开花了，因此，回到京城，看到的又是另外一番春色，真是“树犹如此，人何以堪”了。再就此诗骨子里面的，即其所寄托的意思来看，则千树桃花，也就是十年以来由于投机取巧而在政治上越来越得意的新贵，而看花的人，则是那些趋炎附势、攀高结贵之徒。他们为了富贵利禄，奔走权门，就如同在紫陌红尘之中，赶着热闹去看桃花一样。结句指出：这些似乎了不起的新贵们，也不过是自己被排挤出外以后被提拔起来的罢了。他这种轻蔑和讽刺是有力量的，辛辣的，使他的政敌感到非常难受。所以此诗一出，作者及其战友们便立即受到打击报复了。

溪　居

柳宗元

久为簪组束[1]，幸此南夷谪。闲依农圃邻，偶似山林客。晓耕翻露草，夜榜[2]响溪石。来往不逢人，长歌楚天[3]碧。

注　释 Zhushi

[1] 簪组：古代官吏的服饰，此指官职。束：约束，束缚。南夷：古代对南方少数民族的称呼。谪：被降职或调往边远地区。

❷ 夜榜：夜里行船。榜（péng）：此处读"彭"音，意为进船。此句指天黑船归，船触溪石而发出的声音。

❸ 楚天：永州原属楚地。

译　文 Yiwen

很久来一直为公务所累，幸好被贬谪到南方少数民族地区。闲静无事，与农人的菜圃为邻，有的时候就像个山林中的隐士。早晨耕田，翻锄带着露水的野草，晚上撑船游玩回来，船触到溪石发出声响。独来独往，碰不到其他的人，眼望楚天一片碧绿，放声高歌。

赏　析 Shangxi

公元810年（唐元和五年），柳宗元在零陵西南游览时，发现了曾为冉氏所居的冉溪，因爱其风景秀丽，便迁居此地，并改名为愚溪。这首诗写他迁居愚溪后的生活。这首诗表面上似乎写溪居生活的闲适，然而字里行间隐含着孤独的忧愤。如开首二句，诗意突兀，耐人寻味。贬官本是不如意的事，诗人却以反意着笔，实际上是含着痛苦的笑。“闲依”、“偶似”相对，也有强调闲适的意味，“闲依”包含着投闲置散的无聊，“偶似”说明他并不真正具有隐士的淡泊、闲适，“来往不逢人”句，看似自由自在，无拘无束，但毕竟也太孤独了。这里也透露出诗人是强作闲适。这首诗的韵味也正在此。

作者简介 Zuozhe Jianjie

【柳宗元】

柳宗元（773—819），字子厚，祖籍河东（今山西永济），出生于京都长安（今陕西西安）。唐代文学家、哲学家和政治家，“唐宋八大家”之一。与韩愈共同倡导唐代古文运动，并称“韩柳”。与刘禹锡并称“刘柳”。王维、孟浩然、韦应物与之并称“王孟韦柳”。世称柳河东或柳柳州。少有才名，早有大志。贞元间中进士，登博学鸿词科，授集贤殿正字。一度为蓝田尉，后入朝为官，积极参与王叔文集团政治革新，迁礼部员外郎。“永贞革新”失败后贬邵州刺史，再贬永州司马。后回京师，又出为柳州刺史，政绩卓著。卒于柳州任所。一生留诗文作品达六百余篇，其作品由刘禹锡保存并编成集。有《柳河东集》。

渔　翁　　柳宗元

渔翁夜傍西岩宿❶，晓汲清湘燃楚竹❷。烟销❸日出不见人，“欸乃”❹一声山水绿。回看天际下中流❺，岩上无心❻云相逐。

注　释 Zhushi

❶ 傍：靠近。西岩：指永州境内的西山。

❷ 汲（jí）：取水。湘：湘江之水。楚：西山古属楚地。

❸ 销：消散。亦可作“消”。

❹ “欸（ǎi）乃”：象声词，一说指桨声，一说是指人长呼之声。

❺ 下中流：由中流而下。

❻ 无心：陶渊明《归去来兮辞》：“云无心而出岫。”一般是表示庄子所说的那种物我两忘的心灵境界。

译 文 Yiwen

渔翁晚上靠着西山歇宿，早上汲取清澈的湘水，以楚竹为柴做饭。太阳出来云雾散尽不见人影，摇橹的声音从碧绿的山水中传出。回头望去渔舟已在天边向下漂流，山上的白云正在随意飘浮，相互追逐。

赏 析 Shangxi

这首诗情趣盎然，诗人以淡逸清和的笔墨勾勒出一幅令人迷醉的山水晨景，并从中透露了他深沉热烈的内心世界。全诗共六句，按时间顺序，分三个层次。“渔翁夜傍西岩宿，晓汲清湘燃楚竹。”这是从夜到拂晓的景象。渔翁是这两句中最引人注目的形象，他夜宿山边，晨起汲水燃竹，以忙碌的身影形象地显示着时间的流转。伴随着渔翁的活动，诗人的笔触又自然而然地延及西岩、清湘、楚竹，西岩即永州西山，设置了一个秀丽悦目的空间画面，又以夜幕初启、晨曦微露这样流动的时间感引出了下面对日出的描述，可以说在时空两方面奠定了全诗活跃而又清逸的基调。“烟销日出不见人，‘欸乃’一声山水绿。”这是全诗的精华所在，唤起了人们的想象力：仿佛在日出的一刹那，天色暗而忽明，万物从朦胧中忽而显豁，这才使人猛然发觉渔船已无踪影。“回看天际下中流，岩上无心云相逐。”日出以后，画面更为开阔。此时渔船已进入中流，而回首骋目，只见山巅上正浮动着片片白云，好似无心无虑地前后相逐，诗境极是悠逸恬淡。诗人自始至终表现渔翁和大自然的相契之情，不仅出于艺术表现的需要，同样体现着他对自由人生的渴求。

江　雪[1]

柳宗元

千山鸟飞绝，万径人踪灭[2]。孤舟蓑笠翁[3]，独钓寒江雪。

注　释 Zhushi

❶ 这是柳宗元被贬到永州之后写的诗，借寒江独钓的渔翁，抒发自己孤独郁闷的心情。表达了作者高尚的道德。

❷ 千山鸟飞绝，万径人踪灭：千山万岭不见飞鸟的踪影。绝：无，没有。人踪：人的踪迹。灭：消失，没有了。

❸ 孤：孤零零。舟：小船。蓑笠：蓑衣和斗笠。“蓑”的意思是古代用来防雨的衣服；“笠”的意思是古代用来防雨的帽子。

译 文 Yiwen

四周的山连绵起伏，空旷的，没有了飞鸟的鸣叫和踪影，所有穿梭在山内外的小路上没有了人的行踪，只有在那宽广平静的江上，一个披着蓑衣戴着斗笠的老渔翁，一个人坐在孤零零的船上独自垂钓。

赏 析 Shangxi

这是柳宗元的代表作之一。大约作于他谪居永州（今湖南零陵）期间。柳宗元被贬到永州之后，精神上受到很大刺激和压抑，于是，他就通过描写山水景物，借歌咏隐居在山水之间的渔翁，来寄托自己清高而孤傲的情感，抒发自己在政治上失意的郁闷苦恼。因此，柳宗元笔下的山水诗有个显著的特点，那就是把客观境界写得比较幽僻。诗人只用了二十个字，就把我们带到一个幽静寒冷的境地。呈现在读者眼前的，是这样一幅图画：在下着大雪的江面上，一叶小舟，一个老渔翁，独自在寒冷的江心垂钓。诗人向读者展示的，是这样一些内容：天地之间是如此纯洁而寂静，一尘不染，万籁无声；渔翁的生活是如此清高，渔翁的性格是如此孤傲。诗人所要具体描写的极其简单，不过是一条小船，一个穿蓑衣戴笠帽的老渔翁，在大雪的江面上钓鱼，如此而已。可是，为了突出主要的描写对象，诗人不惜用一半篇幅去描写它的背景，而且使这个背景尽量广大寥廓，几乎到了浩瀚无边的程度。背景越广大，主要的描写对象就越显得突出。首先，诗人用“千山”、“万径”这两个词，目的是为了给下面两句的“孤舟”和“独钓”的画面作陪衬。没有“千”、“万”两字，下面的“孤”、“独”两字也就平淡无奇，没有什么感染力了。其次，山上的鸟飞，路上的人踪，这本来是极平常的事，也是最一般化的形象。可是，诗人却把它们放在“千山”、“万径”的下面，再加上一个“绝”和一个“灭”字，这就把最常见的、最一般化的动态，一下子给变成极端的寂静、绝对的沉默，形成一种不平常的景象。用具体而细致的手法来写背景，用远距离画面来描写主要形象；精雕细琢和极度的夸张概括，错落有致地统一在一首诗里，是这首山水小诗独有的艺术特色。

行　宫　元　稹

寥落古行宫[1]，宫花[2]寂寞红。白头宫女在，闲坐说玄宗[3]。

注 释 Zhushi

❶ 行宫：皇帝外出居住的宫舍。

❷ 寂寞：空虚、冷落。

❸ 玄宗：唐明皇李隆基，这是他的庙号。

译 文 Yiwen

早已空虚冷漠的古行宫，零落宫花依然艳丽开放。有几个满头白发的宫女，闲坐谈论当年的唐玄宗。

赏 析 Shangxi

元稹的这首《行宫》是一首抒发盛衰之感的诗，这首五言绝句具有深邃的意境，富有隽永的诗味，倾诉了宫女无穷的哀怨之情，寄托了诗人深沉的盛衰之感。此诗首句点明地点：古行宫；第二句暗示时间：红花盛开之季；第三句介绍人物：白头宫女；第四句描绘动作：闲坐说玄宗。构筑了一幅完整动人的图画。当年花容月貌，娇姿艳质，辗转落入宫中，寂寞幽怨；此时青春消逝，红颜憔悴；闲坐无聊，只有谈论已往。这首诗平实，但很有概括力，也很含蓄，并给人以想象的天地，历史沧桑之感尽在不言之中。构成了一幅非常生动的画面。这个画面触发读者联翩的浮想：宫女们年轻时都是月貌花容，娇姿艳质，这些美丽的宫女被禁闭在这冷落的古行宫之中，成日寂寞无聊，看着宫花，花开花落，年复一年，青春消逝，往事不堪重省。然而，她们被禁闭冷宫，与世隔绝，别无话题，却只能回顾天宝时代玄宗遗事，此景此情，令人凄绝。

作者简介 Zuozhe Jianjie

【元稹】

元稹（779—831），字微之，别字威明，官至宰相，唐代洛阳人

（今河南洛阳），父元宽，母郑氏。为北魏宗室鲜卑族拓跋部后裔，是什翼犍之十四世孙。早年和白居易共同提倡“新乐府”。世人常把他和白居易并称“元白”。

寻隐者不遇❶　贾　岛

松下问童子❷，言❸师采药去。只在此山中，云深不知处❹。

注　释 Zhushi

❶ 寻：寻访。隐者：古代指不肯做官而隐居在山野之间的人。不遇：没有见到。

❷ 童子：小孩，这是指隐者的弟子。

❸ 言：回答。

❹ 云深：指山上云雾缭绕。处：地方。

译　文 Yiwen

苍松下，我询问隐者的童子他的师傅到哪里去了？他说，师傅已经采药去了。还指着高山说，就在这座山中，可是林深云密，我也不知道他到底在哪。

赏 析 Shangxi

本诗描写作者寻访隐者未得，于是向隐者的徒弟问寻的这一连串的过程；诗人的层层追问，意思层层递进，言简意赅，令人回味无穷。第一答："言师采药去。"童子言师采药去了，把隐者特征揭示出来，同时添了诗人伤其不遇的惆怅。第二答，是针对诗人何处采药的问话而来。这一答很明确肯定，似乎给了诗人若干追寻的期待，不过紧接着第三答一转，好像是猜到了诗人的这种期待，最后给了一个没有结果的回答："云深不知处。"这时，山峦之高峻，云霞之深杳，隐者之神逸，蓦然跃进读者的想象中。诗人本来是僧，后还俗，但仕途并不得意，因此始终倾羡高洁超俗的世外生活。"但在此山中，云深不知处"，实际不独是诗人对隐者的描绘，也正是诗人自己所追求向往的人生境界。

作者简介 Zuozhe Jianjie

【贾岛】

贾岛（779—843），字浪（阆）仙，唐朝河北道幽州范阳县（今河北省涿州市）人。早年出家为僧，号无本，自号"碣石山人"。据说在洛阳的时候后因当时有命令禁止和尚午后外出，贾岛做诗发牢骚，被韩愈发现其才华。后受教于韩愈，并还俗参加科举，但累举不中第。唐文宗的时候被排挤，贬做长江主簿。唐武宗会昌年初由普州司仓参军改任司户，未任，病逝。

金缕衣

杜秋娘

劝君莫惜金缕衣[1]，劝君惜取少年时。花开堪折直须折[2]，莫待无花空折枝。

注释 Zhushi

❶ 金缕衣：以金线制成的华丽衣裳。

❷ 堪：可。直须：不必犹豫。

译文 Yiwen

我劝你不要顾惜华贵的金缕衣，我劝你一定要珍惜青春少年时。花开宜折的时候就要抓紧去折，不要等到花谢时只折了个空枝。

赏析 Shangxi

这首诗含义比较单纯，反复咏叹强调爱惜时光，莫要错过青春年华。从字面看，是对青春的大胆歌唱，是热情奔放的坦诚流露。然而字面背后，仍然是“爱惜时光”的主旨。此诗含义很单纯，可以用“莫负好时光”来解释。这原是一种人所共有的思想感情。可是，它使读者感到其情感虽单纯却强烈，能长久在人心中缭绕，有一种不可思议的魅力。每个诗句似乎都在重复那单一的意思“莫负好时光”！而每句又都寓有微妙变化，重复而不单调，回环而有缓急，形成优美的旋律。是一首很有名的劝喻诗。

作者简介 Zuozhe Jianjie

【杜秋娘】

杜秋娘（791—835），原是润州人（现江苏镇江）。虽出身微贱，却独禀天地之灵秀，出落得美慧无双，不仅占尽了江南少女的秀媚，而且能歌善舞，甚至还会写诗填词作曲。江南女子的秀丽与文采她身上体现得淋漓尽致。

何满子　　张　祜

故国[1]三千里，深宫二十年。一声何满子，双泪落君[2]前。

注释 Zhushi

❶ 故国：指故乡。

❷ 君：指唐武宗。

译文 Yiwen

一别故乡三千里，闭锁深宫二十年。悲歌一声《何满子》，不禁双泪落君前。

赏析 Shangxi

张祜多作宫词，这是代表作。原作三首，此为第一。这是一首宫怨诗。首句写宫女离家遥远；二句写入宫多年；三句写悲愤到达极点；四句写君前落泪以示抗议。一般宫怨诗多写宫女失宠，而此诗却一反其俗，写在君前挥泪怨恨，这是独到之处所在。全诗只用了“落”字一个动词。其他全部以名词组成，因而显得特别简洁凝炼，强烈有力；每句又嵌入数目字，把事件表达得清晰而明确。

作者简介 Zuozhe Jianjie

【张祜】

张祜（约792—约853）字承吉，邢台清河人，唐代著名诗人。出生在清河张氏望族，家世显赫，被人称作张公子，有“海内名士”之誉。张祜的一生，在诗歌创作上取得了卓越成就。“故国三千里，深宫二十年”，张祜以是得名，《全唐诗》收录其诗歌三百四十多首。

赤壁 杜牧

折戟沉沙铁未销[1]，自将磨洗认前朝[2]。东风不与周郎便[3]，铜雀春深锁二乔[4]。

注释 Zhushi

❶ 折戟：折断的戟。戟，古代兵器。销：销蚀。

❷ 将：拿起。磨洗：磨光洗净。认前朝：认出戟是东吴破曹时的遗物。

❸ 东风：指火烧赤壁事。周郎：指周瑜，人乎周郎。后任吴军大都督。

❹ 铜雀：即铜雀台，曹操在今河北省临漳县建造的一座楼台。二乔：东吴乔公的两个女儿，一嫁前国主孙策（孙权兄），称大乔；一嫁军事统帅周瑜，称小乔，合称“二乔”。

译 文 Yiwen

一支折断了的铁戟沉没在水底沙中还没有销蚀掉，经过自己又磨又洗发现这是当年赤壁之战的遗物。假如东风不给周瑜以方便，结局恐怕是曹操取胜，二乔被深锁进铜雀台了。

赏 析 Shangxi

诗篇的开头借一件古物兴起对前朝人、事、物的慨叹。“折戟沉沙铁未销，自将磨洗认前朝。”这两句意为折断的战戟沉在泥沙中并未被销蚀，自己将它磨洗后认出是前朝遗物。在这里，这两句描写看似平淡实为不平。沙里沉埋着断戟，点出了此地曾有过历史风云。战戟折断沉沙却未被销蚀，暗含着岁月流逝而物是人非之感。前朝的遗物又进一步引发作者浮想联翩的思绪，为后文抒怀作了很好的铺垫。“东风不与周郎便，铜雀春深锁二乔。”这后两句久为人们所传诵的佳句，意为倘若当年东风不帮助周瑜的话，那么铜雀台就会深深地锁住东吴二乔了。这里涉及到历史上著名的赤壁之战。众所周知，赤壁之战吴胜曹败，可此处作者进行了逆向思维大胆地设想，提出了一个与历史事实相反的假设。假若当年东风不帮助周瑜的话，那结果会如何呢？诗人并未直言战争的结局。而是说“铜雀春深锁二乔”，把硝烟弥漫的战争胜负写得如此蕴藉，实在令人佩服。

作者简介 Zuozhe Jianjie

【杜牧】

杜牧（803—852），杜从郁之子，唐文宗太和进士，授宏文馆校书

郎。后赴江西观察使幕，转淮南节度使幕，又入观察使幕。史馆修撰，膳部、比部、司勋员外郎，黄州、池州、睦州刺史等职，最终官至中书舍人。以七言绝句著称。擅长文赋，其《阿房宫赋》为后世传诵。注重军事，写下了不少军事论文，还曾注释《孙子》。有《樊川文集》二十卷传世，为其外甥裴延翰所编，其中诗四卷。又有宋人补编的《樊川外集》和《樊川别集》各一卷。《全唐诗》收录杜牧诗八卷。

泊秦淮❶

杜　牧

烟笼寒水月笼沙，夜泊❷秦淮近酒家。商女❸不知亡国恨，隔江犹唱《后庭花》❹。

注　释 Zhushi

❶ 秦淮：即秦淮河，相传为秦始皇南巡会稽时开凿的，用来疏通淮水，故称秦淮河。

❷ 泊：停泊。

❸ 商女：以卖唱为生的歌女。

❹《后庭花》：歌曲《玉树后庭花》的简称。南朝陈皇帝陈叔宝（即陈后主）溺于声色作此曲终致亡国，所以后世称此曲为“亡国之音”。

译　文 Yiwen

寒江之上弥漫着迷蒙的烟雾，明月的清辉洒在白色沙渚之上。入夜，我将小舟泊在秦淮河畔临近酒家。金陵歌女似乎不知何为亡国之恨，竟依然在对岸吟唱着亡国之曲《玉树后庭花》。

赏析 Shangxi

这首诗是诗人夜泊秦淮时触景感怀之作，于六代兴亡之地的感叹中，寓含忧念现世之情怀。这首诗是即景感怀的，金陵曾是六朝都城，繁华一时。目睹如今的唐朝国势日衰，当权者昏庸荒淫，不免要重蹈六朝覆辙，无限感伤。首句写景，先竭力渲染水边夜色的清淡素雅；第二句叙事，点明夜泊地点；三、四句感怀，由“近酒家”引出商女之歌，自然洒脱；由歌曲之靡靡，牵出“不知亡国恨”，表现出诗人对国家命运的关切和忧虑。这首诗写诗人所见所闻所感，语言清新自然，构思精巧缜密。全诗景、事、情、意融于一炉，景为情设，情随景至。借陈后主的荒亡国讽喻晚唐统治者，委婉含蓄地表达了诗人对历史的深刻思考，对现实的深切忧思，内容深厚，感情深沉，意味无穷，引人深思。

秋夕[1]

杜牧

银烛[2]秋光冷画屏，轻罗小扇[3]扑流萤。天阶[4]夜色凉如水，卧看[5]牵牛织女星。

注 释 Zhushi

❶ 秋夕：秋天的夜晚。

❷ 银烛：银色而精美的蜡烛。

❸ 轻罗小扇：轻巧的丝质团扇。

❹ 天阶：天庭上宫殿的台阶。

❺ 卧看：卧着朝天看。

译 文 Yiwen

秋夜，精美的银色蜡烛发出微弱的光，给画屏上添了几分清冷之色；一位宫女手执绫罗小扇，轻轻地扑打飞舞的萤火虫。天阶上的夜色，清凉如水；坐榻仰望星空，只见牵牛星正远远眺望着织女星。

赏 析 Shangxi

此诗写失意宫女孤独的生活和凄凉的心境。前两句已经描绘出一幅深宫生活的图景。在一个秋天的晚上，白色的蜡烛发出微弱的光，给屏风上的图画添了几分暗淡而幽冷的色调。这时，一个孤单的宫女正用小扇扑打着飞来飞去的萤火虫。第三句“天阶夜色凉如水”，“天阶”指皇宫中的石阶；“夜色凉如水”暗示夜已深沉，寒意袭人，该进屋去睡了。可是宫女依旧坐在石阶上，仰视着天河两旁的牵牛星和织女星。民间传说，织女是天帝的孙女，嫁与牛郎，每年七夕渡河与他相会一次，有鹊为桥。宫女久久地眺望着牵牛织女，夜深了还不想睡，这是因为牛郎织女的故事触动了她的心，使她想起自己不幸的身世，也使她产生了对于真挚爱情的向往。可以说，满怀心事都在这举首仰望之中了。二、四两句写宫女，含蓄蕴藉，很耐人寻味。诗中虽没有一句抒情的话，但宫女那种哀怨与期望相交织的复杂感情见于言外，从一个侧面反映了帝制时代妇女的悲惨命运。

寄扬州韩绰判官

杜　牧

青山隐隐水迢迢❶，秋尽江南草未凋。二十四桥明月夜，玉人❷何处教吹箫。

注　释 Zhushi

❶ 迢迢：形容遥远。

❷ 玉人：指韩绰，含赞美之意。

译　文 Yiwen

青山隐隐起伏，江流千里迢迢。时令已过深秋，江南草木枯凋。扬州二十四桥，月色格外娇娆。老友你在何处，听取美人吹箫？

赏　析 Shangxi

这是一首调笑诗。诗的

首联是写江南秋景，说明怀念故人的背景，末联是借扬州二十四桥的典故，与友人韩绰调侃。意思是说你处在东南形胜的扬州，当此深秋之际，在何处教玉人吹箫取乐呢？意境优美，清丽俊爽，情趣盎然，千百年来，传诵不衰。

题乌江亭[1]

杜　牧

胜败兵家事不期[2]，包羞忍耻[3]是男儿。江东[4]子弟多才俊，卷土重来未可知。

注　释 Zhushi

❶ 乌江亭：在今安徽和县东北的乌江浦。《史记·项羽本纪》载：项羽兵败，乌江亭长备好船劝他渡江回江东再图发展，他觉得无颜见江东父老，乃自刎于江边。杜牧过乌江亭时，写了这首咏史诗歌。

❷ 不期：难以预料。

❸ 包羞忍耻：意谓大丈夫能屈能伸，应有忍受屈耻的胸襟气度。

❹ 江东：指江南苏州一带，是项羽起兵的地方。

译　文 Yiwen

胜败乃兵家常事，是难以预料的，能忍受失败和耻辱才是真正的男儿。江东的子弟中藏龙卧虎，人才济济，如果项羽当年重返江东，说不定还能卷土重来。

赏析 Shangxi

此诗与《赤壁》一样，议论战争成败之理，提出自己对历史上已有结局的战争的假设性推想。司马迁曾以史家眼光批评项羽“天亡我，非战之罪”的执迷不悟。杜牧则以兵家的眼光论成败由人之理。二人都注重人事，但司马迁是总结已然之教训，强调其必败之原因；杜牧则是假想未然之机会，强调兵家须有远见卓识和不屈不挠的意志。议论不落传统说法的窠臼，是杜牧咏史诗的特色。诸如“东风不与周郎便，铜雀春深锁二乔”（《赤壁》），“南军不袒左边袖，四老安刘是灭刘”（《题商山四皓庙》），都是反说其事，笔调都与这首类似。宋人胡仔在《苕溪渔隐丛话》中谓这首诗：“好异而畔于理……项氏以八千人渡江，败亡之余，无一还者，其失人心为甚，谁肯复附之？其不能卷土重来，决矣。”清人吴景旭在《历代诗话》中则反驳胡仔，说杜牧正是“用翻案法，跌入一层，正意益醒”。其实从历史观点来看，胡氏的指责不为无由。吴景旭为杜牧辩护，主要因这首诗借题发挥，宣扬百折不挠的精神，是可取的。

送人东游

温庭筠

荒戍[1]落黄叶，浩然[2]离故关。高风汉阳渡[3]，初日郢门山[4]。江上几人在，天涯孤棹[5]还。何当重相见？樽酒慰离颜。

注释 Zhushi

1. 荒戍：荒废的军队防地。
2. 浩然：豪迈坚定的样子。
3. 汉阳渡：湖北汉阳。
4. 郢门山：即荆门山。
5. 棹：这里指船。

译文 Yiwen

在荒凉的古垒，在落叶的时分；你怀浩气东去，离别久居乡关。高风正好挂帆，直达古渡汉阳；待到日出之时，便到了郢门山。你在汉阳那边，还有几个友人？孤舟漂泊天涯，盼你早日归还！不知要到何时，你我才能重见；还是多饮几杯，暂慰别离愁颜。

赏析 Shangxi

诗人在秋风中送别友人，倍感凄凉，对友人流露出关切，表现了两人深厚的友谊。这首诗意境悲凉雄壮，情真意切，质朴动人。首联送友人地点既为荒凉冷落的古堡，时令又值落叶萧萧的寒秋，此时此地送友人远行，别绪离愁了；然而出人意料，接下去诗思却陡然一振：“浩然离故关”——友人此行，心浩然有远志。颔联两句互文，意为：初日高风汉阳渡，高风初日郢门山。两地一东一西，相距千里，不会同时出现在视野之内，这里统指荆山楚水，从而展示辽阔雄奇的境界，并以巍巍高山、浩浩大江、飒飒秋风、杲杲旭日，为友人壮行色。颈联，诗人一面目送归舟孤零零地消失在天际，一面遥想江东亲友大概正望眼欲穿，切盼归舟从天际飞来。“江上几人在”，想象归客将遇见哪些故人，受到怎样的接待，是对友人此后境遇的关切。尾联写当此送行之际，开怀畅饮，设想他日重逢，更见惜别之情。这首诗逢秋而不悲秋，送别而不伤别。

作者简介 Zuozhe Jianjie

【温庭筠】

温庭筠（812—870），原名岐，字飞卿，太原祁人。官终国子助教。时人亦称为“温八叉”、“温八吟”。他的诗与李商隐齐名，号称“温李”，他的成就主要在词的创作上，被称为“花间鼻祖”。有《温飞卿诗集》。

利州南渡[1]　温庭筠

澹然空水对斜晖[2]，曲岛苍茫接翠微[3]。波上马嘶

看棹去[4]，柳边人歇待船归。数从沙草群鸥散[5]，万顷江田一鹭飞。谁解乘舟寻范蠡，五湖烟水独忘机[6]。

注释 Zhushi

❶ 利州：在今四川广元，南临嘉陵江。南渡：指渡嘉陵江。

❷ 澹（dàn）然：水波闪动的样子。对：一作“带”。

❸ 翠微：指青翠的山气。

❹ 波上马嘶看棹去：指未渡的人，眼看着马鸣舟中，随波而去。棹：船桨，代指船。

❺ 数从沙草群鸥散：指船过草丛，惊散群鸥。

❻ 五湖烟水：范蠡功成身退，乘扁舟出入三江五湖，没人知道他最终到哪里去了。忘机：忘却俗念。

译文 Yiwen

江水粼粼斜映着夕阳的余晖，弯弯岛岸苍茫接连山坡翠绿。眼看人马已乘摆渡扬波而去，渡口柳下人群等待船儿回归。船过沙洲草丛群鸥四处惊散，水田万顷一只白鹭掠空孤飞。谁理解我驾舟寻范蠡的心意，五湖烟波唯他能忘世俗心机。

赏析 Shangxi

诗人来到了嘉陵江畔，首先映入眼帘的是，开阔清澄的江面，波光粼粼而动，夕阳映照在水中，闪烁不定；起伏弯曲的江岛和岸上青翠的山岚在斜晖的笼罩下，一片苍茫。所以首联从此着笔，这一联写江景，交代了行程的地点和时间，因为诗写的就是渡江情景，起得非常自然。颔联紧承上联，写人马急欲渡江的情形：渡船正浮江而去，人渡马也渡，船到江心，马儿扬鬃长鸣，好像声音出于波浪之上；未渡的人歇息在岸边的柳荫下，等待着渡船从彼岸返回。这两联所写景物都是诗人待渡时岸边所见，由远而近，由江中而岸上，由静而动，井然有序。接下来，颈联写渡江，船过沙滩，惊散了草丛中成群的鸥鸟；回望岸上，江田万顷，一只白鹭在自由自在地飞翔。前面三联描绘了一幅宁静而充满生机的利州南渡图，作为糊口四方、疲于奔走的诗人蓦然置身于这样的环境，不能不触景生情，遐想联翩。所以尾联偶然兴起了欲学范蠡急流勇退，放浪江湖的愿望。触景兴感，自然真切。

苏武[1]庙

温庭筠

苏武魂销汉使前，古祠高树两茫然。云边雁断胡天月[2]，陇上羊归塞草烟[3]。回日楼台非甲帐，去时冠剑是丁年[4]。茂陵[5]不见封侯印，空向秋波哭逝川。

注释 Zhushi

❶ 苏武：汉武帝时出使匈奴被扣多年，坚贞不屈，汉昭帝时始被迎归。

❷ 云边雁断胡天月：汉要求苏武回国，匈奴诡言苏武已死。后汉使至，常惠教汉使向单于说，汉帝射雁，于雁足得苏武书，言其在某泽中，匈奴才承认苏武尚在。雁断：指苏武被羁留匈奴后与汉廷音讯隔绝。胡：指匈奴。

❸ 陇上羊归塞草烟：指苏武回国后，羊仍回原处。陇：陇关。这里以陇关之外喻匈奴地。

❹ 冠剑：指出使时的装束。丁年：壮年。

❺ 茂陵：汉武帝陵。指苏武归汉时武帝已死。

译 文 Yiwen

苏武初遇汉使，悲喜交集感慨万端；而今古庙高树，肃穆庄严久远渺然。羁留北海音书断绝，头顶胡天明月；荒陇牧羊回来，茫茫草原已升暮烟。回朝进谒楼台依旧，甲帐却无踪影；奉命出使加冠佩剑，正是潇洒壮年。封侯受爵缅怀茂陵，君臣已不相见；空对秋水哭吊先皇，哀叹逝去的年华。

赏 析 Shangxi

苏武是我国历史上杰出的民族英雄，他被扣留匈奴期间，“渴饮雪，饥吞毡，牧羊北海边”，十九年如一日，爱国挚情丝毫未减，表现出“富贵不能淫，威武不能屈，贫贱不能移”的英雄气概。《苏武庙》一诗是温庭筠在凭吊苏武庙时的临风怀想之作，咏叹了苏武坚贞不屈的壮举，赞颂了苏武高尚的民族气节和爱国情操。“苏武魂销汉使前，古祠高树两茫然”，首句着笔就写苏武突然见到汉使，得知他已经获释可以回国时悲喜交加的激动心情。“云边雁断胡天月，陇上羊归塞草烟”两句，是用逆挽法来追忆苏武生前的苦节壮举，怀念苏武崇高的爱国精神，表现出贫贱不能移其爱国之志的胸怀。“回日楼台非甲帐，去时冠剑是丁年”，这两句是从相隔迢遥的时间角度上写苏武出使和归国前后的人事变换。苏武出使是汉武帝为之赐节饯行，他自己那时也正在壮年，可是归汉之“回日”，汉室江山虽然依旧，然而人事却迥然有异于前了，两句通过对时间转换的形象描绘，显示了苏武留胡时间之长，读者从此也可以想象到十九年中苏武所经受的磨难之多。结尾二句“茂陵不见封侯印，空向秋波哭逝川”，是说苏武归汉后，倍加怀念汉武帝，因为派他出使的汉武帝已寝居茂陵作古，不能亲眼见他完节归来，表彰其爱国赤心。这样就使他更加为岁月的流逝而伤叹。这首诗借凭吊古迹而致慨，遥念先贤，启迪后进，感情极为真挚。

陇西行

陈　陶

誓扫匈奴[1]不顾身，五千貂锦[2]丧胡尘。可怜无定河[3]边骨，犹是春闺[4]梦里人！

注释 Zhushi

❶ 匈奴：指西北边境部族。
❷ 貂锦：这里指战士，指装备精良的精锐之师。
❸ 无定河：在陕西北部。
❹ 春闺：这里指战死者的妻子。

译文 Yiwen

将士们誓死横扫匈奴奋不顾身，五千个身穿锦袍的精兵战死在胡尘。真可怜啊，那无定河边成堆的白骨，还是那妻子们梦中相伴的丈夫。

赏析 Shangxi

这首诗首二句以精炼概括的语言，叙述了一个慷慨悲壮的激战场面。唐军誓死杀敌，奋不顾身，但结果五千将士全部丧身“胡尘”。表现了唐军将士忠勇杀敌的气概和献身精神。汉代羽林军穿锦衣貂裘，这

里借指精锐部队。部队如此精良，战死者达五千之众，足见战斗之激烈和伤亡之惨重。接着，笔锋一转，逼出正意：“可怜无定河边骨，犹是春闺梦里人。”这里没有直写战争带来的悲惨景象，也没有渲染家人的悲伤情绪，而是匠心独运，把“河边骨”和“春闺梦”联系起来，写闺中妻子不知征人战死，仍然在梦中想见已成白骨的丈夫，使全诗产生震撼心灵的悲剧力量。在这里，长年音讯杳然，人早已变成无定河边的枯骨，妻子却还在梦境之中盼他早日归来团聚。灾难和不幸降临到身上，不但毫不觉察，反而满怀着热切美好的希望，这才是真正的悲剧。这首诗凝聚了诗人深沉的感慨和对战死者及其家人的无限同情。

作者简介 Zuozhe Jianjie

【陈陶】

陈陶（约812—约885），字嵩伯，自号三教布衣。诗人早年游学长安，善天文历象，尤工诗。举进士不第，遂恣游名山。唐宣宗大中时，隐居洪州西山，后不知所终。有诗十卷，已散佚，后人辑有《陈嵩伯诗集》一卷。

登乐游原[1]

李商隐

向晚意不适[2]，驱车登古原[3]。夕阳无限好，只是近黄昏。

注释 Zhushi

❶ 乐游原：在长安城东，地势较高，为唐时游玩胜地。

❷ 意不适：心情不舒畅。

❸ 古原：即乐游原，在今陕西省长安附近。

译文 Yiwen

我在傍晚时分心情郁闷，于是驱车来到京都长安城东南的乐游原。只见夕阳放射出迷人的余晖，然而这一切美景将转瞬即逝，不久会被那夜幕所笼罩。

赏析 Shangxi

这首诗大概写于诗人晚年，字句通俗易懂。但浅白的语句，却能诱发人们丰富的想象：站在高高的乐游原上，极目远眺，夕阳西下，晚霞如锦，绚丽的霞光静静地染红了天空大地，万物笼罩在淡淡的蔷薇色中，云蒸霞蔚。这一刻如此辉煌、如此壮丽、如此灿烂，也如此短暂，黄昏已悄悄临近，一切光彩将要归于黯淡。“夕阳无限好，只是近黄昏”是自然的寻常之景，诗人敏锐地捕捉到那一瞬间的感受，并巧妙地表现出来，文字那么浅显，回味又那么悠长，有对自然的热爱，有对生命的无限依恋，有人生暮年，对岁月流逝的无可奈何。短短的诗句，浓缩了沉甸甸的人世沧桑，闪耀着丰厚的生命内涵与语句张力。

作者简介 Zuozhe Jianjie

【李商隐】

李商隐（约 812 或 813—约 858），字义山，号玉溪生、又号樊南生，晚唐著名诗人。他祖籍怀州河内（今河南沁阳市），生于河南荥阳（今郑州荥阳）。诗作文学价值很高，他和杜牧合称“小李杜”，与温庭筠合称为“温李”，与同时期的段成式、温庭筠风格相近，其诗构思新奇，风格浓丽，尤其是一些爱情诗写得缠绵悱恻，千古传诵。

夜雨寄北

李商隐

君问归期未有期，巴山夜雨涨秋池❶。何当❷共剪西窗烛？却❸话巴山夜雨时。

注释 Zhushi

❶ 巴山：泛指巴蜀之地。池：水池。
❷ 何当：何时能够。
❸ 却：还，再。

译文 Yiwen

你经常问我什么时候回家，我没有固定的时间回来；巴蜀地区秋夜里下着大雨，池塘里涨满了水。何时你我能重新相聚，在西窗下同你一起剪烛夜谈；再来叙说今日巴山夜雨的情景呢？

赏析 Shangxi

《夜雨寄北》是李商隐脍炙人口的抒情短章，是诗人写给远在北方的妻子的。当时诗人被秋雨阻隔，滞留荆巴一带，妻子从家中寄来书信，询问归期。但秋雨连绵，交通中断，无法确定，所以回答说：君问归期未有期。这一句有问有答，跌宕有致，流露出诗人留滞异乡、归期未卜的羁旅之愁。所以第二句中的巴山夜雨成为设想中回忆的话题。后两句则是虚写未来情。诗人在秋雨绵绵之夜，触景生情，展开想象的翅膀，用丰富而自然的联想来表现他们夫妻的恩爱之情。这首《夜雨寄北》，表现了李商隐诗的质朴、自然，却同样具有“寄托深而措辞婉”的艺术特色。

瑶　池

李商隐

瑶池阿母绮窗开，黄竹[1]歌声动地哀。八骏[2]日行三万里，穆王[3]何事不重来？

注　释 Zhushi

❶ 黄竹，地名。传周穆王游黄竹之丘，遇风雪，见路有冻人，做诗三章哀之。

❷ 八骏：据《穆天子传》，周穆王有赤骥、盗骊、白义、逾轮、山子、渠黄、华骝、绿耳等八匹骏马。

❸ 穆王：西周人，姓姬名满，传说他曾周游天下。

译文 Yiwen

住在昆仑山瑶池的西王母打开她美丽的窗子，这里是她当年宴请穆王的地方，当她在窗边等待，希望周穆王能够再来，却只听到人间传来哀怨的歌声，却原来是穆王眼见天寒地冻，北风雨雪，路有冻人，心中悲悯，写下了哀诗。西王母心想，穆王的八匹骏马能够日行三万里，但是为什么周穆王不再到昆仑山来呢？

赏析 Shangxi

李商隐的这首诗是借周穆王西游遇仙人西王母的神话，加以生发，讥刺皇帝求仙的虚妄。全诗虚构了西王母盼不到周穆王重来，暗示穆王已故的故事情节，显示了求仙妄想与死亡不可避免的对立。诗人不作正面议论，而却以西王母心中的疑问作诘。构思巧妙，用心良苦，讽刺辛辣，韵味无穷。

蝉

李商隐

本以高难饱，徒劳恨费声[1]。五更疏欲断，一树碧无情[2]。薄宦梗犹泛[3]，故园芜已平[4]。烦君最相警，我亦举家清。

注 释 Zhushi

❶ 本以高难饱，徒劳恨费声：古人误以为蝉是餐风饮露的。这里是说，既欲栖高处，自难以饱腹，虽带恨声，实也徒然。

❷ 一树碧无情：意谓蝉虽哀鸣，树却自呈苍润，像是无情相待。实是隐喻受人冷落。

❸ 薄宦：官卑职微。梗犹泛：这里是自伤沦落意。

❹ 芜已平：荒芜到了没胫的地步。

译 文 Yiwen

你栖身高枝之上才难以饱腹；你虽含恨哀鸣徒然白费神劲。五更以后疏落之声几近断绝。大树依然苍翠却无丝毫同情，我官职卑下像桃梗漂流不定，家园早已荒芜杂草埋没脚胫。烦劳你的鸣叫我得借以自警，我也举家操守如你高洁不佞。

赏 析 Shangxi

这首诗是咏物诗。诗人借物喻情。“本以高难饱，徒劳恨费声”，首句闻蝉鸣而起兴。这样的鸣声是徒劳的，因为不能使它摆脱难饱的困境。也就是说，作者不肯同流合污，所以生活清贫，虽然向有力者陈情，希望得到他们的帮助，最终却是白费工夫。作者借蝉来表达自己身世和处境。接着“五更疏欲断，一树碧无情”两句，把诗人不得志的感情推进一步。蝉的鸣声到五更天亮时，已经稀疏得快要断绝了，碧绿的树叶，并不为它的嘶叫而悲伤憔悴，显得那样冷酷无情。蝉声的疏落欲断，与树叶的绿碧本无联系，可是作者却怪树无动于衷，冷酷无情。寄托诗人的身世遭遇。接下去出现了一个转折。“薄宦梗犹泛，故园芜已平”，作者在各地当幕僚，是个小官，所以自称薄宦。他经常在各地流转漂泊，好像大水中的根茎到处漂流。这种动荡不安的生活，使他怀念故乡。末联“烦君最相警，我亦举家清”，用拟人法写蝉。把咏物和抒情结合起来，呼应开头，首尾圆合。

无题

李商隐

相见时难别亦难，东风无力百花残[1]。春蚕到死丝方尽，蜡炬成灰泪始干[2]。晓镜但愁云鬓改[3]，夜吟应觉月光寒。蓬山[4]此去无多路，青鸟殷勤为探看[5]。

注释 Zhushi

❶ 东风：春风。残：凋零。

❷ 蜡炬：蜡烛。蜡烛燃烧时流下的蜡油称烛泪。泪：指蜡泪，隐喻相思泪水。

❸ 镜：照镜，用作动词。但：只。云鬓：青年女子的头发，代指青春年华。

❹ 蓬山：指海上仙山蓬莱山。此指想念对象的住处。

❺ 青鸟：传说中西王母的使者，有意为爱人传递消息。殷勤：情谊深厚。看：探望。

译文 Yiwen

见面的机会真是难得，分别时也难舍难分，况且又兼东风将收的暮春天

气，百花残谢，更加使人伤感。春蚕结茧到死时丝才吐完，蜡烛要燃完成灰蜡油才能滴干。女方早晨妆扮照镜，只担忧丰盛如云，乌黑的鬓发改变颜色，青春的容颜消失。男子晚上长吟不寐，必然感到冷月侵人。对方的住处从这里去没有多远，却无路可通，可望而不可及。希望有青鸟一样的使者殷勤地为我去探看爱人，来往传递消息。

赏 析 *Shangxi*

这是诗人以“无题”为题目的众多诗歌中最有名的一首。首句是极度相思而发出的深沉感叹，在聚散两依依中突出别离的苦痛。“东风无力百花残”一句，既写自然环境，也是抒情者心境的反映，物我交融，心灵与自然取得了精微的契合。次句不仅象征诗人留滞巴蜀，而且反映了客子离人的百无聊赖，写实与象征融为一体，赋予感情以可以感触的外在形态，也就是通常说的寓情于景的抒情方式。接着，“春蚕到死丝方尽”说出自己对于对方的思念，如同春蚕吐丝，到死方休。“蜡炬成灰泪始干”是比喻自己为不能相聚而痛苦，无尽无休，仿佛蜡泪直到蜡烛烧成了灰，方始流尽一样，表现着眷恋之深。而后诗人推测想象出对方的相思之苦。上句是写出了年轻女子“晓妆对镜，抚鬓自伤”的形象，从中暗示出女方的思念和忧愁。下句“应觉月光寒”是借生理上冷的感觉反映心理上的凄凉之感。尾句，想象愈具体，思念愈深切，便愈会燃起会面的渴望，这就是其内容。既然会面无望，于是只好请使者为自己殷勤致意，替自己去看望他。诗词中常以仙侣比喻情侣，以青鸟作为抒情主人公的使者出现。诗句寄情深微，意蕴幽隐，富有朦胧婉曲之美。

春　雨　李商隐

怅卧新春白袷衣❶，白门❷寥落意多违。红楼❸隔雨相望冷，珠箔❹飘灯独自归。远路应悲春晼晚❺，残宵犹得梦依稀。玉珰❻缄札何由达，万里云罗❼一雁飞。

注　释 Zhushi

❶ 白袷衣：即白夹衣，唐人以白衫为闲居便服。
❷ 白门：指今江苏南京市。
❸ 红楼：华美的楼房，多指女子的住处。
❹ 珠箔：珠帘，此处比喻春雨细密。
❺ 晼晚：夕阳西下的光景，此处还蕴涵年复一年、人老珠黄之意。
❻ 玉珰：耳环。
❼ 云罗：像螺纹般的云片。

译　文 Yiwen

新春时节，我穿着白夹衣，怅然地卧在床上；白门寂寞，令我心中万分感伤。隔着蒙蒙细雨凝视着那座红楼，只觉得凄冷茫茫，我只好顶着珠帘般的细

雨，在依稀闪烁的灯光中黯然归来。凄楚的暮春，遥远的路途，哪里可以寄托我的悲凄伤感？缠绵的思绪，化做空泛的梦，在残宵的梦中依稀与你相见。有玉珰一双作为信物，怎么样才可以送达；我只有寄希望于万里长空中，那一只刚刚飞来的鸿雁。

赏析 Shangxi

李商隐在这首诗中，赋予爱情以优美动人的形象。诗借助于飘洒天空的春雨 ，融入主人公迷茫的心境、依稀的梦境，以及春晼晚、万里云罗等自然景象，烘托别离的寥落，思念的深挚，构成浑然一体的艺术境界 。“红楼隔雨相望冷，珠箔飘灯独自归”一联，前一句色彩和感觉互相比照。红的色彩本来是温暖的，但隔雨怅望反觉其冷；后一句珠箔本来是明丽的，却出之于灯影前对雨帘的幻觉，极细微地写出主人公寂寥而又迷茫的心理状态。末联“玉珰缄札何由达，万里云罗一雁飞 ”，也富于象征色彩。特别有创造性地借助于自然景，把“锦书难托”的预感形象化了，并把忧郁怅惘的情绪与广阔的云天，融为一体。凡此，都成功地表现出了主人公的生活、处境和感情，情景、色调和气氛都令人久久难忘。这种真挚动人的感情和优美生动的形象结合在一起，构成一种独特而永恒艺术魅力。

渡汉江　李　频

岭外[1]音书绝，经冬复立春。近乡情更怯，不敢问来人。

注释 Zhushi

❶ 岭外：大庾岭之外，就是广东。

译文 Yiwen

我离开家乡到了五岭之外，经过了一个冬天，又到了春天。因为交通不便，我和家人没有联系已经很长时间了。现在我渡过汉江赶回家乡去，怎知离家越近，心情就越紧张。因为怕伤了美好愿望，以致遇到同乡也不敢打听家乡情况。

赏析 Shangxi

汉江即汉水，长江最长的支流。源出陕西，经湖北而入长江。诗人久居岭外蛮荒之地，故乡的消息无从得知，如今渡过汉水渐近家乡，心情自是又喜又忧。于是忐忑不安的诗人写下了这首情致真切的五绝。诗人前两句追叙久居岭外的情况："岭外"，即五岭之外的岭南，现在的广东、广西一带；"音书绝"，音讯隔绝。诗人被贬蛮荒之地，此一苦；故乡音空信渺、家人境况未知，此二苦；在仕途失意孤苦无望、心忧家人牵肠挂肚的情况下捱过一个又一个春夏秋冬，将诗人谪居蛮荒时那种与世隔绝的处境，失去任何精神慰藉的生活情景，以及度日如年、难以忍受的精神痛苦，鲜明地呈现了出来。"断"、"复"二字，看似平平道出，实则是诗人在"痛苦尝尽"之后的辛酸语。后两句抒写矛盾的心情：按照常情，这两句似乎应该是近乡情更切，急欲问人，作者笔下所写的却完全出乎常情："近乡情更怯，不敢问来人。"仔细寻味，又觉得只有这样，才合乎前两句所揭示的"规定情景"。因为作者贬居岭外，又长期接不到家人的任何音讯，一方面固然日夜在思念家人，另一方面又时刻担心家人的命运，怕他们由于自己的牵累或其他原因遭到不幸。"音书断"的时间越长，这种思念和担心也越向两极发展，形成既切盼音书，

又怕音书到来的矛盾心理状态。这种矛盾心理，特别是渡过汉江，接近家乡之后，有了进一步的戏剧性发展。全诗语极浅近，意颇深邃；不事造作，自然至美。是思乡之作中引人共鸣、备受推崇的经典佳作！

作者简介 Zuozhe Jianjie

【李频】

李频（818—876），字德新，唐寿昌长林西山人。幼读诗书，博览强记，领悟颇多。唐宣宗大中八年（854），频中进士，调校书郎，任南陵县主簿，后又升任武功县令。李频一生诗作甚多，大多散佚。宋嘉熙三年（1239），金华人王野任建州太守，于京城书肆中得李诗一百九十五篇，辑为《梨岳诗集》，并为之序。《全唐诗》载李诗二百〇八首。后人评李诗多“清新警拔”“清逸精深”之语。

台城[1]

韦庄

江雨霏霏江草齐，六朝如梦鸟空啼[2]。无情最是台城柳，依旧烟笼十里堤[3]。

注释 Zhushi

[1] 台城：古址，今南京市玄武湖附近。

❷ 江雨霏霏江草齐，六朝如梦鸟空啼：意思是台城春雨蒙蒙，春草茂盛，六朝的事迹已如梦幻，只有鸟儿啼鸣，好像在凭吊兴亡。台城靠近长江，所以说“江雨”、“江草”。六朝：吴、东晋、宋、齐、梁、陈，都建都金陵，称“六朝”。六朝统治时期短暂，政治混乱，使人感伤。

❸ 无情最是台城柳，依旧烟笼十里堤：用柳树的蓬勃茂密反衬台城的一片荒芜，用柳树的无情反衬诗人的伤感。

译文 Yiwen

江上细雨濛濛，江岸细草茸茸；六朝兴废皆如梦，只有江鸟空自啼。台城柳，最无情，历古今，管自新；依旧嫩绿如烟，笼罩了，十里长堤。

赏析 Shangxi

这是一首凭吊六朝古迹的诗。起句不正面描绘台城，而是着意渲染氛围。江南的春雨，密而且细，在霏霏雨丝中，四望迷蒙，如烟笼雾罩，给人以如梦似幻之感。暮春三月，江南草长，碧绿如茵，又显出自然界的生机。这景色即具有江南风物特有的轻柔婉丽，又容易勾起人们的迷惘惆怅。“六朝如梦鸟空啼”。如茵碧草之间就隐藏着一座已经荒凉破败的台城。鸟啼草绿，春色常在，而曾经在台城追欢逐乐的六朝统治者却早已成为历史上来去匆匆的过客，豪华壮丽的台城也成了供人凭吊的历史遗迹。“无情最是台城柳，依旧烟笼十里堤。”杨柳是春天的标志，在春风中摇荡的杨柳，总是给人以欣欣向荣之感，让人想起繁荣兴茂的局面。这繁荣茂盛的自然景色和荒凉破败的历史遗迹，长堤烟柳和转瞬即逝的六代豪华的鲜明对比，对于一个身处末世、怀着亡国之忧的诗人来说，是多么令人触目惊心！这首诗以自然景物的“依旧”暗示人世的沧桑，以物的“无情”反托人的伤痛，在历史感慨之中暗寓伤今之意。

作者简介 Zuozhe Jianjie

【韦庄】

韦庄（约836—910），字端己，杜陵（今陕西西安市附近）人，诗人韦应物的四代孙，唐朝花间派词人，词风清丽，有《浣花词》流传。与温庭筠齐名，并称“温韦”。曾任前蜀宰相，谥文靖。

已凉　韩偓

碧阑干外绣帘❶垂，猩血屏风画折枝❷。八尺龙须❸方锦褥，已凉天气未寒时。

注释 Zhushi

❶ 绣帘：一作“翠帘”。

❷ 猩血：猩红色，屏风：一种用来遮挡和做隔断的东西。画折枝：指图绘花卉草木。

❸ 龙须：属灯心草科，这里指草席。

译文 Yiwen

翠绿色的栏杆外绣帘儿低垂，猩红的屏风上描绘着草木花卉。龙须草织成的席子铺上方方的锦褥，天气已凉却但还未到寒冷时候。

赏析 Shangxi

这首诗展现在读者眼前的，是一间华丽精致的卧室，由室外逐渐移向室内，透过门前的栏杆、门内的屏风等一道道障碍，聚影在那张铺着龙须草席和织锦被褥的八尺大床上。房间结构安排所显示出的这种“深而曲”的层次。猩红的画屏，门帘上的彩绣，被面的锦缎光泽，合组成一派旖旎温馨的气象，不仅增添了卧室的华贵势派，还为主人公的闺情绮思酝酿了合适的氛围。通篇没有一个字涉“情”，甚至没有一个字触及“人”，纯粹借助环境景物来渲染人的情思。这首小诗开启了五代两宋闺情词婉约的先河。

作者简介 Zuozhe Jianjie

【韩偓】

韩偓（842—923），唐代诗人，乳名冬郎，字致光，号致尧，晚年又号玉山樵人，陕西万年县（今樊川）人。自幼聪明好学，十岁时，曾即席赋诗送其姨夫李商隐，令满座皆惊，李商隐称赞其诗是“雏凤清于老凤声”。龙纪元年（889），韩偓中进士，初在河中镇节度使幕府任职，后入朝历任左拾遗、左谏议大夫、度支副使、翰林学士。

寄人 张泌

别梦依依到谢家[1]，小廊回合曲阑斜。多情只有春

庭月，犹为离人❷照落花。

注 释 Zhushi

❶ 谢家：泛指闺中女子。晋谢奕之女谢道韫、唐李德裕之妾谢秋娘等皆有盛名，故后人多以“谢家”代闺中女子。

❷ 离人：这里指寻梦人。

译 文 Yiwen

离别梦中隐约来到了谢家，徘徊在小回廊栏杆底下依稀旧时模样。只有天上春月最是多情，还为离人照着庭院落花。

赏 析 Shangxi

以诗代柬，来表达自己心里要说的话，这是古代常有的事。这首题为《寄人》的诗，就是用来代替一封信的。诗的首句写诗人与情人梦中重聚，难舍难离；第二句写依旧是当年环境，往日欢情，表明自己思念之深。第三句写明月有情；第四句写落花有恨。寄希望于对方，含蓄深厚，曲折委婉，情真意真。前两句写入梦的原因与梦中所见的景物，是向对方表明自己思忆之深；后两句写出多情的明月依旧照人，那就是对这位女子的埋怨之情了。这首诗创造的艺术形象，鲜明准确，而又含蓄深厚。作者只写小廊曲阑、庭前花月，不需要更多语言，却比直接诉说心头的千言万语更有动人心弦的力量。

作者简介 Zuozhe Jianjie

【张泌】

张泌（约842—约914），字子澄，唐末作家，曾登进士第。张泌今存曲子词二十八首，诗十九首；小说二篇，即《韦安道传》和《妆楼记》。他的诗词小说绝大多数作于唐末时期，尤以写湖湘桂一带风物的作品为多。其词大多为艳情词，风格介乎温庭筠、韦庄之间而倾向于韦庄。用字工炼，章法巧妙，描绘细腻，用语流畅。

淮[1]上与友人别　　郑　谷

扬子江[2]头杨柳[3]春，杨花[4]愁杀渡江人。数声风笛[5]离亭[6]晚，君向潇湘我向秦[7]。

注　释 Zhushi

❶ 淮：扬州。

❷ 扬子江：长江在江苏镇江、扬州一带的干流，古称扬子江。

❸ 杨柳：“柳”与“留”谐音，表示挽留之意。

❹ 杨花：柳絮。

❺ 风笛：风中传来的笛声。

❻ 离亭：驿亭。亭是古代路旁供人休息的地方，人们常在此送别，所以称为“离亭“。

❼ 潇湘：指今湖南一带。秦：指当时的都城长安。在今陕西境内。

译　文 Yiwen

扬子江的岸边杨柳依依，那乱飞的柳絮，愁坏了渡江的游子。晚风阵阵，

从驿亭里飘来几声笛声，我们就要离别了，你要去潇水和湘水流经的城镇，而我要去京城长安。

赏 析 Shangxi

晚唐绝句自杜牧、李商隐以后，单纯议论之风渐炽，抒情性、形象性和音悦性都大为减弱。而郑谷的七绝则仍然保持了长于抒情、富于风韵的特点。

数声风笛离亭晚，君向潇湘我向秦。这首诗的成功，和有这样一个别开生面富于情韵的结尾有密切关系。表面上看，末句只是交待各自行程的叙述语，既乏寓情于景的描写，也无一唱三叹的抒情，实际上诗的深长韵味恰恰就蕴含在这貌似朴直的不结之结当中。由于前面已通过江头春色、杨花柳丝、离亭宴饯、风笛暮霭等一系列物象情景对离情进行反复渲染，结句的截然而止，在反激与对照中愈益显出其内涵的丰富。临歧握别的黯然伤魂，各向天涯的无限愁绪，南北异途的深长思念，乃至漫长旅程中的无边寂寞，都在这不言中得到充分的表达。“君”“我”

对举，“向”字重叠，更使得这句诗增添了咏叹的情味。

作者简介 Zuozhe Jianjie

【郑谷】

郑谷（约851—910），字守愚，江西宜春市袁州区人。僖宗时进士，官都官郎中，人称郑都官。又以《鹧鸪诗》得名，人称郑鹧鸪。其诗多写景咏物之作，表现士大夫的闲情逸致。风格清新通俗。郑谷与薛能、李频唱和，又与张乔、许棠等交游，世称“咸通十哲”，原有集，已散佚，存《云台编》。

春怨

金昌绪

打起黄莺儿，莫教枝上啼。啼时惊妾梦，不得到辽西❶。

注释 Zhushi

❶ 辽西：古郡名，在今辽宁省辽河以西地方，是去征戍之地。

译文 Yiwen

快赶走树上的黄莺，别让它在枝头长啼。啼声会惊破我好梦，害我梦不到

那辽西。

赏 析 Shangxi

这首诗，语言生动活泼，具有民歌色彩。诗的首句似平地奇峰，突然而起。照说，黄莺是讨人欢喜的鸟。而诗中的女主角为什么却要“打起黄莺儿”呢？人们看了这句诗会茫然不知诗意所在，不能不产生疑问，不能不急于从下句寻求答案。第二句诗果然对第一句作了解释，使人们知道，原来“打起黄莺儿”的目的是“莫教枝上啼”。但鸟语与花香本都是春天的美好事物，而在鸟语中，黄莺的啼声又是特别清脆动听的。人们不禁还要追问：又为什么不让莺啼呢？第三句诗说明了“莫教啼”的原因是怕“啼时惊妾梦”。但人们仍不会满足于这一解释，因为黄莺啼晓，说明本该是梦醒的时候了。那么，诗中的女主角为什么这样怕惊醒她的梦呢？她做的是什么梦呢？最后一句诗的答复是：这位诗中人怕惊破的不是一般的梦，而是去辽西的梦，是唯恐梦中“不得到辽西”。从思想意义去看，它看来只是一首抒写儿女之情的小诗，却有深刻的时代内容。它是一首怀念征人的诗，反映了当时兵役制下广大人民所承受的痛苦。

作者简介 Zuozhe Jianjie

【金昌绪】

金昌绪（生卒年不详），唐朝余杭（今浙江杭州市）人，身世不可考，诗传于世仅此《春怨》一首。